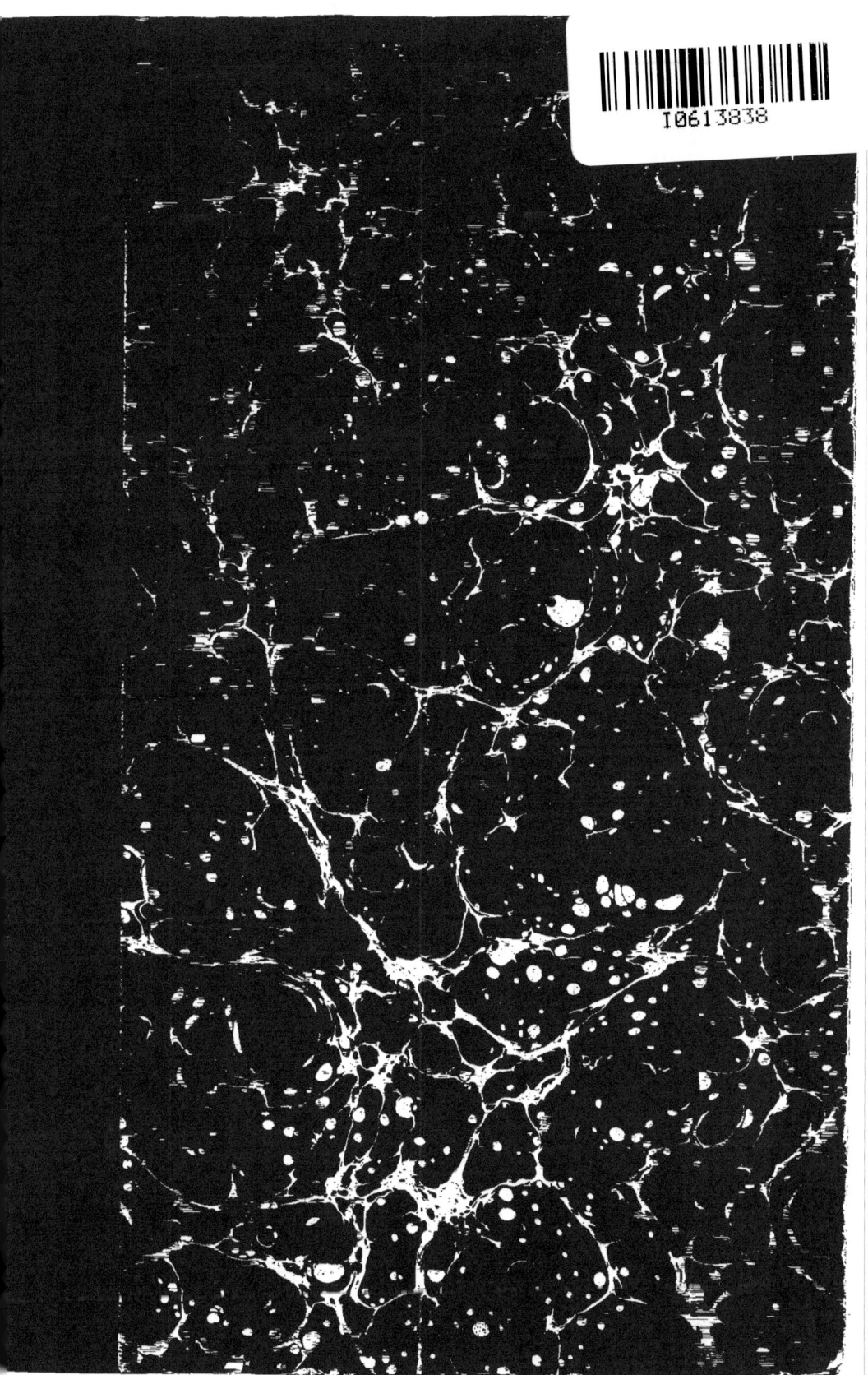

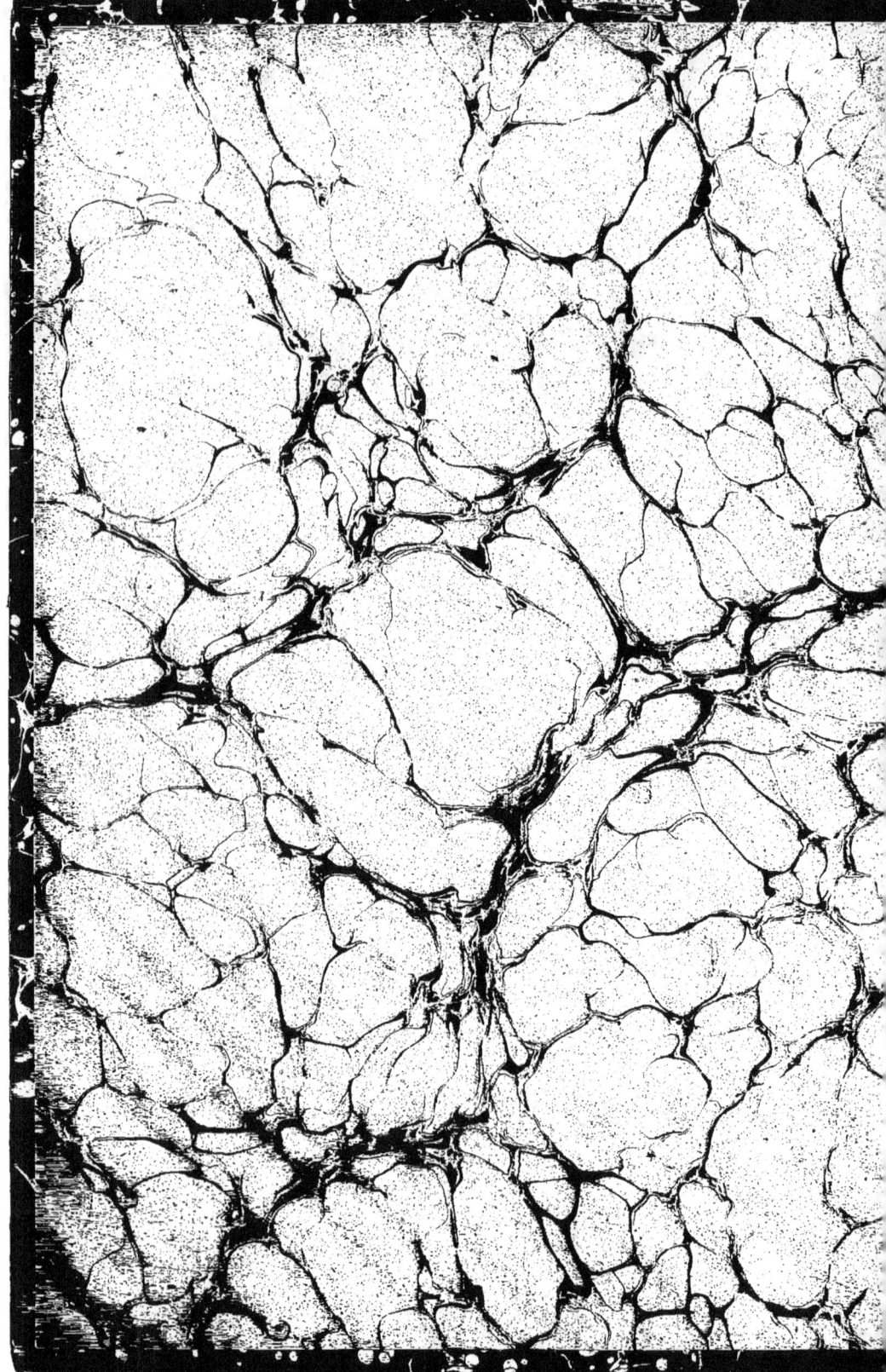

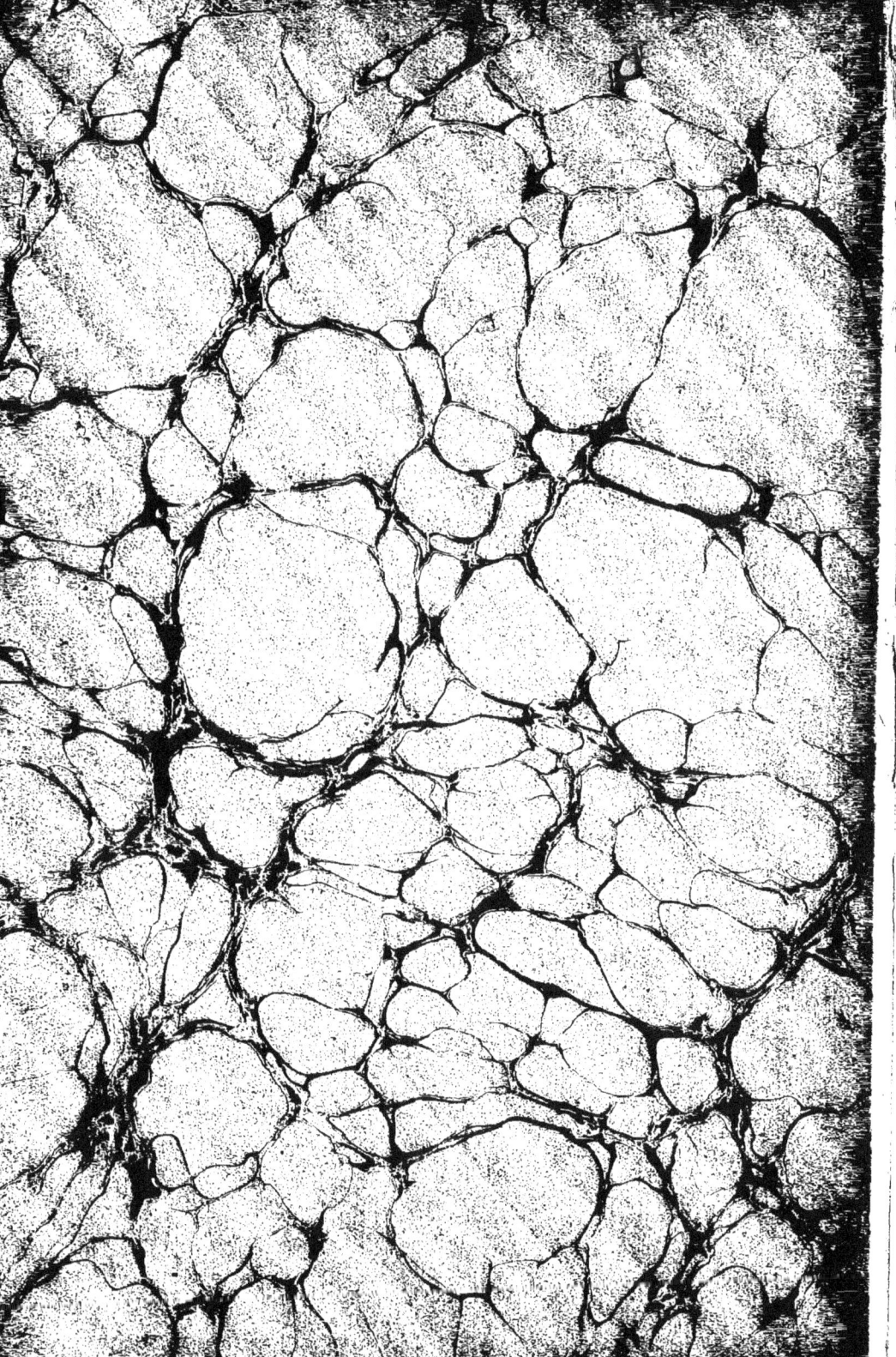

LA

GARDE NATIONALE A CHEVAL

PENDANT

LE SIÉGE DE PARIS

GARDE NATIONALE À CHEVAL

LA

GARDE NATIONALE A CHEVAL

PENDANT

LE SIÉGE DE PARIS

Souvenirs de la Légion recueillis

PAR

LOUIS LECLERC

Maréchal-des-logis-Chef au 2ᵉ Escadron

ILLUSTRÉS

DE 13 DESSINS PAR **H. LALAISSE**,
Peintre
Professeur de Dessin à l'École Polytechnique

DE 3 COMPOSITIONS DE **R. GOUBIE**,
Peintre
Garde au 2ᵉ Escadron de la Légion de Cavalerie

DE 8 PORTRAITS PAR **EDMOND MORIN**

GRAVÉS PAR L. DUMONT

PARIS

IMPRIMERIE DE JULES BONAVENTURE

55, QUAI DES GRANDS-AUGUSTINS, 55

1871

AVANT-PROPOS

 ᴀ publication de ces quelques feuilles n'a même pas la prétention d'être une demi-page d'histoire. Elle n'a d'autres motifs que ceux-ci :

Rappeler à nos Chefs et à nos Camarades de la Légion de Cavalerie quelques détails intimes — dont certains peuvent être inconnus pour eux — de notre modeste, mais utile rôle pendant le siége de Paris ;

Etre le Livre d'Or de ceux qui ont partagé l'honneur d'assister, dans nos rangs unis, à ce mémorable siége, car ils y retrouveront au moins la trace de Camarades dont beaucoup sont devenus des Amis.

C'est un simple souvenir que l'on voudra garder dans la famille ;

Ce sera un témoignage de civisme, une sorte de brevet de présence.

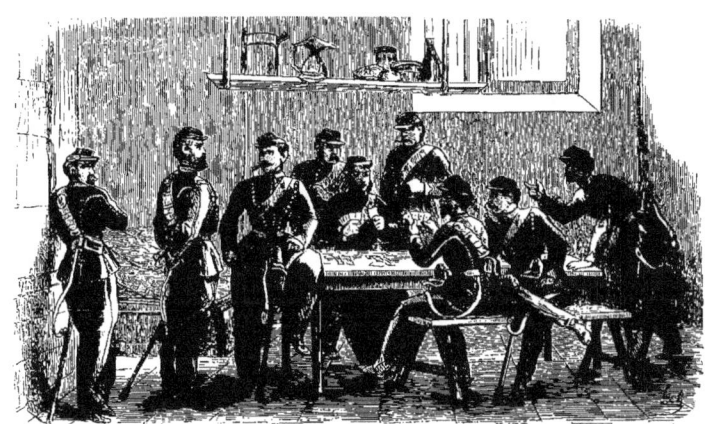

Vue intérieure du poste du Louvre.

LE MOIS D'AOUT

L serait difficile de dire qui fut le plus étonné des Gardes nationaux à cheval de Paris se trouvant de faction sous les grandes guérites du Carrousel, ou des passants qui les y aperçurent sous leur brillant costume. Cela ne s'était pas vu depuis plus de vingt ans !... Il ne faut donc plus s'étonner de la surprise des Parisiens dont bien peu avaient connu les jours de splendeur de la cavalerie-citoyenne. Ils en ignoraient si bien l'uniforme, presque l'existence, que quelques-uns, dans leur ignorance, nous prirent pour des Polonais venus au secours de la France, d'autres, même pour des ennemis... des uhlans ! Et c'est ainsi que plusieurs de nos Camarades dûrent positivement être arrachés des mains de gens par trop peu au courant de la défense de Paris.

Quant à l'étonnement des gardes en service commandé, il n'était que trop justifié par la rareté du fait.

L'escouade qui, chaque matin, venait régulièrement relever celle qui avait fait le service d'honneur de la veille, fut longtemps encore l'objet de l'attention, de la curiosité même, de tous ceux qui se trouvaient sur son passage, c'est-à-dire sur le parcours de la rue d'Anjou-Saint-Honoré à la caserne du Louvre. Chacun se posait en point d'interrogation. On questionnait ses voisins, et les anciens de la ville pouvaient à peu près seuls dire quels étaient ces soldats si brillants, montés sur des chevaux qui semblaient devoir faire d'habitude la gloire des Champs-Elysées et du Bois.

Bientôt on s'habitua à voir passer les Gardes à cheval dans leur pimpant équipage, et les cavaliers eux-mêmes remplirent avec exactitude un service qui n'avait, du reste, rien de bien pénible : une faction d'une heure ou deux n'est pas la mort d'un homme.

Depuis le mois de Juin 1848 et surtout depuis l'Empire, la Légion de cavalerie, bien que toujours constituée, n'avait eu que de très-rares occasions de paraître en service commandé. On ne peut guère regarder comme tel les revues annuelles d'inspection qui se faisaient, en général, de fort bon matin pour ne durer que juste le temps nécessaire pour défiler devant le commandant des gardes nationales. Cependant, elle parut en corps dans deux ou trois circonstances, comme le 7 Décembre 1862, à l'inauguration de la percée du boulevard du Prince-Eugène, aujourd'hui boulevard Voltaire, et le 20 Août 1864, jour où l'empereur passa, en l'honneur de don François d'Assises, roi d'Espagne, une revue dans laquelle figuraient la garde nationale tout entière et l'armée en garnison dans la capitale.

Le pouvoir, qui n'avait jamais eu qu'une médiocre tendresse pour les services de la garde-citoyenne, se souvint qu'elle existait lorsque les graves événements de l'invasion prussienne appelaient l'armée entière à la frontière. Le départ précipité des troupes allait laisser Paris complétement dégarni des soldats qui jusqu'alors y avaient maintenu l'ordre. Il fallait aviser, et il fut décidé que la garde nationale serait appelée à remplir tous les services de l'armée à Paris.

L'empereur adressa immédiatement la lettre suivante à M. le

général de division d'Autemarre, qui commandait en chef les gardes nationales de la Seine :

Palais de Saint-Cloud, 26 Juillet.

Mon cher Général,

Je vous prie d'exprimer de ma part à la Garde nationale combien je compte sur son patriotisme et sur son dévouement. Au moment de partir pour l'armée, je tiens à lui témoigner que j'ai en elle la plus grande confiance pour maintenir l'ordre dans Paris et veiller à la sûreté de l'Impératrice. Il faut aujourd'hui que chacun, dans la mesure de ses forces, veille au salut de la Patrie.

Croyez, mon cher Général, à mes sentiments d'amitié.

NAPOLÉON.

N'y a-t-il pas un rapprochement bien curieux à faire entre ce qui se passait, dans des circonstances à peu près semblables, en 1870 et en 1814? L'histoire qui enregistre tous les faits qui se passent démontre que la vie d'un peuple est comme un immense cercle dans lequel toutes les situations semblent se répéter. Cette lettre de l'empereur n'est-elle pas la reproduction de ce qui eut lieu aux Tuileries en Mars 1814, quelques jours avant le départ de Napoléon Iᵉʳ pour se rendre dans les plaines de la Champagne déjà envahies par les hordes de la Coalition?

On rapporte, en effet, que l'empereur, en 1814, convoqua les officiers de la garde nationale aux Tuileries. Lui aussi, il avait besoin au loin de son armée, et il ne voulait pas laisser Paris sans y établir une force imposante. Il semblait, ce jour-là, plus préoccupé que d'ordinaire. Après avoir fait, d'un pas rapide, le tour de la Salle des Maréchaux, il alla se placer au centre et appela près de lui les différents chefs de légion de la garde nationale parisienne. Pendant ce temps, l'impératrice, accompagnée de la gouvernante du petit roi de Rome qu'elle portait dans ses bras, paraissait. L'empereur, s'adressant alors à ceux qui l'entouraient, leur dit :

— Messieurs, une partie du territoire de la France est envahie. Je vais me placer à la tête de mon armée, et avec l'aide de Dieu et la valeur de mes troupes, j'espère repousser l'ennemi au-delà des frontières. Si les étrangers approchent de la capitale, je confie au courage de la Garde nationale l'impératrice et le roi de Rome... ma femme et mon fils.....

Comme en 1814, la garde nationale en 1870 sortit du suaire dans lequel elle était comme ensevelie. Elle comprit aussitôt les dangers qui menaçaient le pays et s'occupa, avec une activité sans pareille, à reconstituer les bataillons anciens, dont les cadres seuls étaient à peu près au complet, et à former des bataillons nouveaux.

Bien que jusqu'alors la Légion de cavalerie ne fût pas encore appelée à faire un service quelconque, son état-major ne s'en occupa pas moins à se rendre un compte exact du nombre de gardes qu'il pourrait réunir le cas échéant. Une souscription en faveur des veuves et des orphelins qu'allait amener la guerre facilita singulièrement ce travail fort difficile en raison de la dispersion des gardes dans tous les quartiers et de l'absence de Paris de beaucoup d'entre eux.

La souscription produisit une somme importante, et les renseignements qui ressortirent de l'enquête à laquelle se livrèrent les Capitaines-commandants prouvèrent qu'à un moment donné on pourrait réunir assez de cavaliers pour que la Garde à cheval pût honorablement figurer dans les services auxquels seraient conviées les gardes nationales.

Au reste, ces services semblaient devoir devenir sérieux. Dès le 29 Juillet le conseil des ministres décidait que les gardes nationales de la Seine seraient placées, pendant la durée de la guerre, sous les ordres supérieurs du maréchal Baraguay-d'Hilliers, commandant du 1er corps d'armée, à Paris. La garde nationale devenait, du même coup, une véritable force militaire, devant marcher militairement, puisqu'elle passait des mains du ministre de l'Intérieur dans celles du ministre de la Guerre.

C'est dans ces dispositions que, dans les premiers jours d'Août, le Colonel de la Légion reçut — il était cinq heures du matin — l'ordre de fournir un poste de cavaliers aux Tuileries pour huit heures dans la même matinée !

C'était bien un peu court, et malgré toute la bonne volonté possible il était difficile de répondre d'une manière satisfaisante à l'ordre en question; mais, dans la journée même, le 1er Escadron fournissait les vedettes qui surprirent tant nombre de bourgeois, comme nous le disions en commençant.

Pendant que les Capitaines-commandants et les Maréchaux-des-logis-Chefs assuraient pour l'avenir le service, le Colonel faisait adresser à tous les gardes composant la Légion l'ordre du jour suivant :

ORDRE DU JOUR.

Paris, le 8 Août 1870.

Dans la situation si grave que traverse aujourd'hui le pays, la Garde nationale va être appelée à un service souvent pénible.

Le Colonel fait appel au zèle et au patriotisme de tous les Officiers, Sous-Officiers et Gardes de la Légion de cavalerie.

Un poste d'honneur, devant être fourni chaque jour aux Tuileries par la Légion, sera commandé dans chaque escadron à tour de rôle.

Le piquet devra être réuni tous les jours à huit heures et demie précises à l'État-Major de la Légion, rue d'Anjou-Saint-Honoré, à la Mairie du VIIIe Arrondissement ; mais, indépendamment de ce service régulier, il est nécessaire que chacun soit toujours prêt pour les services qui peuvent être commandés tardivement et souvent répétés.

Le dévouement de la Légion ne reculera pas devant ce service quand la Patrie le demande.

En cas de *rappel général* dans Paris, toute la Légion devra monter à cheval sans autre convocation, et chaque escadron devra se réunir le plus promptement possible :

Le 1er Escadron, Place de la Concorde ;   Le 3e Escadron, Place de Rivoli ;
Le 2e   »   Place du Nouvel-Opéra ;   Le 4e   »   Place du Château-d'Eau.

Les escadrons, une fois réunis et formés, seront amenés en bon ordre par MM. les Capitaines-commandants, place Vendôme, où sera formée la Légion sous les ordres du Colonel.

Messieurs les Officiers supérieurs et l'État-Major de la Légion se rendront directement place Vendôme.

La Garde nationale va être réorganisée dans tout Paris et son effectif doublé. Il est à espérer que celui de la Légion de cavalerie va se trouver aussi considérablement augmenté par les nouveaux enrôlements qui se produisent déjà chaque jour en grand nombre. Son service en deviendra plus utile et plus sûr.

Messieurs les Capitaines-commandants et, à leur défaut, les Capitaines en second, ainsi que Messieurs les Maréchaux-des-logis-Chefs et Fourriers devront se mettre en mesure de pourvoir rapidement à toutes les éventualités du service, et habituer les Gardes à la plus rigoureuse exactitude aux lieux du rendez-vous, en les commandant toujours pour l'heure précise à laquelle leur présence sera nécessaire.

Messieurs les Capitaines-commandants sont invités à prendre telles mesures qu'ils jugeront utiles pour la transmission des ordres imprévus, en divisant leur escadron par pelotons ou par sections d'une circonscription assez rapprochée, et à veiller à ce que les Gardes aient toujours connaissance de la demeure de leurs officiers, et du Chirurgien aide-Major, du Maréchal-des-logis-Chef et même des trompettes de leur escadron, pour savoir autour de qui se grouper en cas de difficulté de communications d'un quartier à un autre, ou à faire part d'un empêchement en cas de maladie ou autrement.

Aujourd'hui tous les Citoyens doivent se vouer au maintien de l'ordre et à la défense du territoire ; le Colonel, connaissant le bon esprit qui a toujours animé la Légion de cavalerie, est sûr d'être compris d'elle en invoquant son patriotisme.

Le Colonel de la Légion de Cavalerie : E. QUICLET.

Les détails d'organisation des escadrons, ainsi que le recommandait le Colonel, rencontrèrent nécessairement quelques difficultés d'exécution. D'abord, les événements politiques avaient surpris beaucoup de gardes en villégiature : il y avait donc bien des absents. Ensuite, l'extrême division des escadrons, dont les membres étaient — et ont été jusqu'à la fin — éparpillés dans tous les arrondissements de Paris, devaient rendre difficiles les premiers pas. Le zèle des gardes présents fut tel et leur bonne volonté fut si soutenue que le service ne souffrit pas un seul jour. Cela donna le temps aux absents de rentrer et aux nouveaux engagés de se faire habiller et de faire harnacher leurs chevaux, ce qui devint fort difficile un moment, tant les demandes étaient nombreuses.

A propos d'engagements, il ne sera peut-être pas sans intérêt pour beaucoup de gardes d'avoir sous les yeux le texte de celui qu'ils signaient en entrant dans la Légion. En voici le fac-simile :

ESCADRON

Inscrit sous le $\mathcal{N}°$ __
le   187

M.
né le
à
Profession
Demeure

GARDE NATIONALE A CHEVAL
DE PARIS

ENGAGEMENT

Le Soussigné s'engage :

1º A suivre exactement tous les exercices et manœuvres pour lesquels il sera commandé ;

2º A justifier de la propriété d'un cheval ou à s'en procurer un toutes les fois qu'il en sera requis ;

3º A justifier de la propriété d'un harnachement complet ;

4º A satisfaire à toutes les dispositions réglementaires relativement à l'habillement, à l'équipement, au harnachement et à l'armement.

Le Soussigné s'engage, en outre, à payer la cotisation individuelle qui sera fixée par le Colonel pour subvenir aux diverses dépenses restant à la charge de la Garde à cheval (1).

Paris, le   187

Signature :

(1) Cette cotisation était de 25 francs par an pour les sous-officiers, brigadiers et gardes ; de 50 francs pour les lieutenants et sous-lieutenants ; de 60 francs pour les capitaines et fixée à un chiffre plus élevé pour l'état-major.

Par les termes mêmes de cet engagement on peut de suite voir la différence qu'il y avait dans le recrutement de la Garde nationale à cheval comparé avec celui de la garde à pied. Ainsi, dans cette dernière, on était inscrit d'autorité sur les contrôles d'un des bataillons du quartier. On était, en outre, armé par le bataillon. Dans la Légion de cavalerie, au contraire, on s'engageait volontairement et l'on s'armait à ses frais ; mais, une fois sa signature donnée, on se trouvait lié, et l'on devait accepter les conditions exigées par les règlements du Corps. Dans la plupart des cas on laissait le nouvel enrôlé choisir l'escadron dans lequel il voulait entrer, principalement s'il y avait des amis. Cette manière de faire pouvait avoir l'inconvénient de composer les escadrons d'habitants des vingt arrondissements ; mais elle avait pour compensation très-sérieuse de réunir, sous un même commandement, le plus grand nombre d'hommes désireux de partager et de bien faire ensemble le même service.

Il résultait de l'engagement exigé pour la Légion de cavalerie qu'un garde à pied pouvait s'y enrôler, tandis que le cavalier engagé ne pouvait, sans motifs graves, quitter le Corps pour entrer dans un bataillon. Pendant la durée de la guerre, il n'y eut d'exception à cette règle que pour les permutations dans l'armée, dans la garde mobile ou dans les corps-francs destinés à opérer au-dehors de Paris.

La circulaire du Colonel n'était pas encore distribuée aux gardes de la Légion que survinrent les événements de la journée du 9 Août. Les fauteurs de désordre voulaient profiter de l'ouverture de la Chambre pour amener des troubles ; mais, devant la ferme attitude de la garde nationale, ils durent se contenter d'un 15 Mai complétement avorté.

Tardivement prévenus, les Capitaines-commandants ne purent réunir qu'un petit nombre de gardes de la Légion de cavalerie pour cette circonstance ; mais ceux qui se rendirent au Palais-Bourbon n'en eurent que plus de mérite, car sur leur chemin, et principalement sur la place de la Concorde — à laquelle on pourrait bien rendre le nom de place de la Révolution depuis ce qui s'y est passé cette dernière année, — nos Camarades y furent, sinon maltraités, au moins très-insultés. Notre Lieutenant-Colonel, à cette époque,

M. Carsenac, eût, entre autres, les plus grandes difficultés à traverser la foule avec le garde qui l'escortait.

Pendant le reste du mois d'Août, il ne se passa rien de particulièrement grave pour la Légion. Elle continua son service quotidien aux Tuileries. Cependant, l'arrivée dans les escadrons d'un assez grand nombre d'engagés nouveaux, pour la plupart inexpérimentés dans les manœuvres militaires, provoqua des exercices nombreux. Chaque matin des escadrons différents faisaient leur école sous la direction de leurs officiers et des capitaines adjudants-majors. Les directeurs des manéges, de leur côté, faisaient faire des cours de jour et de soir.

Le zèle que l'on montra à faire son instruction eut bientôt pour effet de permettre à la Légion de pouvoir paraître sans embarras au dehors, sans avoir même à redouter la critique des gens qui sont toujours disposés à chercher les occasions de jeter le ridicule sur un corps que l'on considérait, au commencement de la campagne, comme essentiellement favorisé.

On sait ce qu'il faut de temps dans les régiments de cavalerie pour former les hommes aux exercices du cheval et aux manœuvres du sabre et des marches, bien qu'ils soient montés sur des chevaux habitués à ces manœuvres. C'est donc avec un très-légitime orgueil que les capitaines adjudants-majors de la Légion ont vu leurs instructions porter un fruit aussi rapide. Si l'on n'y atteignait pas la précision mathématique que l'on obtient à la longue dans l'armée, on y trouvait au moins un ensemble satisfaisant et dans tous les cas suffisant.

Ces instructions se poursuivirent pendant tout le temps de la réorganisation, chaque fois que le service le permettait, et jusqu'au jour où cela devint matériellement impossible en raison de la fréquence des appels sous les armes.

Ces manœuvres furent non-seulement utiles aux gardes ; mais elles le furent aussi pour les chevaux qu'ils montaient. Ces braves animaux s'habituèrent si bien à marcher ensemble, que peu à peu leurs cavaliers, moins préoccupés de la direction à leur donner, purent attacher plus de soin à l'accomplissement précis des commandements qu'ils avaient à exécuter.

Rien ne donnait de courage et de mâle énergie à tous nos cavaliers comme les tristes nouvelles qui leur venaient de l'Est. Les défaites sanglantes et successives de notre armée, dont la victoire semblait fuir les étendards, montraient chaque jour plus clairement que Paris pouvait être appelé à un rôle militaire. Chacun s'y préparait, et la Garde nationale à cheval ne voulait pas rester en arrière des efforts qui se manifestaient déjà dans toute la capitale. On ne pouvait savoir à quels sacrifices on serait appelé ; aussi tous voulaient être prêts à faire la meilleure contenance devant le danger et à rendre la plus grande somme possible de services.

Quelques faits particuliers à la garde nationale, en général, montrent que l'on prévoyait, dans les sphères gouvernementales, le cas où la milice citoyenne aurait un autre motif, pour être armée, que celui de maintenir l'ordre à l'intérieur. Parmi ces faits, on peut rappeler la création du poste de Gouverneur de Paris donné au général Trochu ; le remplacement du brave, mais âgé, général d'Autemarre, commandant des Gardes nationales de la Seine, par le général de Lamotte-Rouge, destiné à poursuivre, avec plus d'énergie encore, l'œuvre déjà commencée. Du reste, il suffit de lire l'ordre du jour suivant du Gouverneur de Paris pour se rendre un compte sérieux des événements qui pourraient se produire d'un moment à l'autre :

Gardes nationaux de la Seine,

Le général de Lamotte-Rouge est appelé à l'honneur de vous commander, succédant au général d'Autemarre qui emporte dans sa retraite votre affection, vos respects et vos regrets.

Vétéran de Crimée, d'Italie, votre nouveau général reprend son épée pour défendre avec vous la cité et vos foyers !

Vous mettrez en lui la confiance que vous accordiez à son digne prédécesseur ; cette confiance sera réciproque, elle fera notre force quand l'heure des périls sera venue.

Le moment approche où la France enverra en même temps aux combats toutes ses générations valides : les fils disputant pied à pied à l'ennemi l'Alsace, la Champagne et la Lorraine, les pères défendant Paris.

Les événements me font le chef du général de Lamotte-Rouge, et il veut bien oublier qu'il a été le mien dans d'autres temps ; c'est vous dire dans quelle solidarité nous nous associerons tous deux à vos épreuves et à vos efforts.

Au quartier général de Paris, le 2 Septembre 1870.

Le Gouverneur de Paris,
Général TROCHU.

Enfin, comme couronnement à la série de faits montrant ce que l'on pouvait avoir à attendre de la garde nationale, nous devons mentionner le décret du 2 Septembre qui lui donnait le choix de ses officiers par l'élection. On voulait ainsi lui inspirer une confiance absolue dans ses chefs.

Ce fut, hélas! une bien grave faute.

LES 4 ET 5 SEPTEMBRE

'EST au milieu de la fièvre qui animait déjà la garde nationale que la journée du 4 Septembre arriva.

Les malheureux débuts de la guerre n'avaient pu ébranler jusqu'à ce moment la ferme résolution, prise par la garde nationale, de maintenir l'ordre absolu à Paris, alors surtout que le pays était déjà assez frappé par les tristes événements du mois d'Août. Elle avait su conserver une confiance entière dans le retour prochain de la victoire. Elle ne pouvait supposer la profondeur de l'abîme qui se creusait sous les pas de la nation, surtout après l'assurance qu'avait témoignée le gouvernement dans le succès de nos armes. L'héroïque défaite de Reichshofen n'avait pu faire oublier le demi-succès de Saarbruck, et l'on n'appréciait pas, en connaissance de causes, les terribles combats au-devant de Metz.

Un grand avantage, dans une bataille qui devait avoir lieu d'un moment à l'autre, pouvait changer pour nous la face des choses.

Cet espoir devait être déçu.....

La nouvelle du désastre inouï de Sedan, tombant comme la foudre sur la capitale, venait lui prouver, hélas! que la France avait très-réellement été lancée à la légère dans une série d'aventures. L'empereur avait bien mis sa confiance dans la garde nationale ; mais après les preuves d'imprudence qui amenaient un coup aussi terrible, la réciproque n'était plus vraie. Aussi ce revirement d'opinion se traduisit instantanément par une indignation passive, contenue par la raison chez le plus grand nombre, par des manifestations hostiles au pouvoir chez certains autres que l'intérêt ou la haine aveuglent plus que la douleur.

La Régence crut à plus de sympathies. On convoqua à la hâte la garde nationale en présence de l'agitation des faubourgs ; mais elle répondit avec peu d'enthousiasme à cet appel et resta, en général, spectatrice muette, l'arme au pied, pendant que les exaltés se portaient à la Chambre et à l'Hôtel-de-Ville. La République fut proclamée, en même temps que les députés de Paris — moins M. Thiers et plus quelques amis de la province,— se proclamaient *eux-mêmes* Gouvernement de la Défense nationale.

Le pavillon était bien trouvé. Il fit passer le reste.

Pour être juste, il faut dire cependant que toute la garde nationale ne s'abstint pas lorsque ses chefs la convoquèrent tardivement le 4 Septembre. Un certain nombre d'hommes courageux, et avant tout amis de l'ordre, se portèrent au Corps législatif, et s'ils n'eurent pas à y défendre le gouvernement, qui se détachait du pays comme un fruit trop mûr tombe de l'arbre, ils eurent au moins à y protéger les personnes.

On n'a pas manqué de dire, d'écrire même, que l'envahissement de la Chambre s'était opéré de la façon la plus convenable. C'est sans doute convenable..... comme on l'est à Belleville, qu'on a voulu dire ; d'ailleurs, *envahir* et *convenablement* sont deux termes qui s'excluent, et la France en sait quelque chose depuis un an !

Pour en revenir à l'envahissement convenable de la Chambre, si M. Schneider a pu conserver la mémoire des détails qui accompagnèrent les derniers instants qu'il passa au fauteuil de la présidence, il doit voir encore quelques hommes énergiques, portant l'uniforme de la Garde nationale à cheval, lui faisant un rempart de leur corps contre les brutalités, convenables aussi sans doute, d'une foule ameutée qui s'en prenait surtout à lui et au ministre de la guerre, que ses officiers d'état-major parvenaient, non sans peine, à arracher à l'égarement populaire.

Pendant que ces scènes se passaient avec un calme relatif qu'il est équitable de reconnaître, car il était inusité dans tous les cas pour les débuts d'une révolution, la foule se portait aux Tuileries. Elle trouva heureusement le palais abandonné par la Régente. Le poste, occupé par la garde impériale, céda facilement la place à la garde nationale raisonnable qui sut sauver la situation. On épargna ainsi une lutte armée, et l'on évita les hideuses violences et les orgies qui avaient toujours été de rigueur lorsque le peuple était entré en maître dans le palais de ceux qui avaient été les siens.

A partir de ce moment, la *parade* avait fait son temps ; aussi les cavaliers de la Légion qui montaient la faction dans les guérites du Carrousel furent-ils priés de réintégrer leur poste au Louvre.

Ils attendirent là de nouveaux ordres qui ne se firent pas long-temps attendre.

Le général Trochu, Gouverneur de Paris, nommé président du Gouvernement de la Défense nationale qui venait de se créer à l'Hôtel-de-Ville, utilisa immédiatement le poste de cavaliers qu'il avait sous la main, au Louvre, pour la transmission des dépêches. Or les ordres, à ce moment d'éclosion gouvernementale, abondaient comme on doit bien le penser ; aussi nos Camarades du 3me Escadron qui marchèrent ce premier soir de la nouvelle république eurent-ils des débuts vraiment sérieux. Ils ne purent même que très-médiocre-ment goûter les douceurs du lit de camp, car ils passèrent en selle une grande partie de la nuit.

Ce premier essai donna des résultats si satisfaisants qu'il était de suite décidé que le poste de Garde nationale à cheval du Louvre serait maintenu et qu'il serait, à l'avenir, spécialement attaché au service des dépêches que le Gouverneur de Paris aurait à trans-mettre, soit aux chefs des différents Secteurs, soit aux gouverneurs des forts.

C'est ainsi que, du matin au soir du 4 Septembre, le rôle de la Garde nationale à cheval fut changé du tout au tout. Ce n'était plus désormais un Corps qui ne pouvait satisfaire que les yeux, il avait enfin une utilité certaine en devenant le lien entre la tête de la

Défense de Paris et tous ceux qui devaient y concourir sous ses ordres.

On peut dire — et la suite le justifiera bien — que c'était pour le Gouverneur de Paris une heureuse chance que de pouvoir utiliser au service très-important de la transmission sûre, rapide et intelligente des dépêches, des hommes rompus à l'exercice du cheval, pour la plupart très-bien montés et connaissant Paris et ses environs en véritables enfants de la capitale.

Pour se rendre compte du service que pouvaient avoir à faire chaque jour nos cavaliers mis à la disposition du Gouverneur de Paris, il suffit de jeter les yeux sur la liste des principaux chefs avec lesquels ce dernier avait des relations directes pour régler toutes les questions d'ensemble et de détail :

1° Le Commandant en chef de Saint-Denis ;
2° Les Commandants en chef du génie et de l'artillerie;
3° Les Chefs d'Etat-Major généraux de la garde nationale et de l'armée ;
4° Tous les Généraux de division et de brigade chargés de commandements supérieurs ;
5° Les Commandants des divers groupes des forts et des Secteurs.

Il convient d'ajouter encore que presque tous ces chefs avaient leur quartier-général près du mur d'enceinte et les forts. Le Louvre était ainsi le centre d'où rayonnaient les ordres de chaque jour et de chaque heure.

A première vue, il est certain qu'il ne semble pas nécessaire d'être « un fort en thème » pour porter une dépêche; et la preuve en est que ce service est fait d'ordinaire par de braves, mais peu lettrés, cavaliers de nos régiments. Eh bien, que l'on consulte les États-Majors qui ont utilisé, pendant le siège, les services de la Garde nationale à cheval, et tous diront — et ils l'ont dit bien des fois — la différence qu'ils ont su trouver entre son service et celui des ordonnances de l'armée qui connaissaient peu Paris, et qui ne savaient pas toujours tourner une foule de petites difficultés comme il devait s'en produire forcément dans un moment où tout était désorganisé. C'est que nos gardes ne savaient ni économiser leur peine ni ménager leur monture pour trouver les destinataires d'ordres le plus souvent importants et pressés.

Le lendemain du 4 Septembre, lorsque les Gardes convoqués pour le service voulurent se rendre au lieu de réunion à la Mairie de la rue d'Anjou — et il en venait de bien des directions — ils eurent à passer, en route, l'inspection matinale de Messieurs des faubourgs. Ces dignes républicains, que le rempart ne réclamait sans doute pas encore, cherchaient probablement s'ils n'avaient pas oublié la veille quelque écusson aux armes impériales sur les monuments ou sur les devantures des magasins. Leur élan était si sublime que pour un peu ils vous auraient demandé vos pièces de monnaie sous prétexte d'y effacer l'effigie impériale !

Ils n'allèrent cependant pas jusque-là ; mais le passage de nos Camarades ne manqua pas d'attirer le regard des « citoyens » ainsi occupés à la chasse aux aigles. Notre tenue était une fortune pour ces amateurs d'oiseaux en cuivre estampé, car chacun de nous en portait bien cinq ou six : un sur le schapska, un sur la giberne, un troisième sur le poitrail du cheval, deux sur la schabraque, un sixième sur la boucle du ceinturon. Seuls, nos boutons en étaient vierges.

Le peuple libre, n'admettant pas la liberté des aigles, dépluma donc, chemin faisant, nos cavaliers, qui arrivèrent, en général, plus légers d'au moins trois ou quatre plaques.

Pour éviter tout nouvel ennui, le restant fut enlevé avant le départ pour le Louvre, où l'on arriva cette fois dans une tenue républicaine décente, il est vrai, mais en retard d'une bonne heure !...

La Légion de cavalerie ne parut pas ressentir une bien grande douleur de la perte des aigles qui ornaient avec profusion son équipement, car ces signes ne pouvaient plus rappeler que la douleur du pays. Elle en avait d'ailleurs changé dans des circonstances, sinon moins critiques, assurément moins cruelles. Les basques de ses habits avaient porté en toutes lettres, sous la première République, les mots de *Constitution* et de *Liberté*. Plus tard, ses schabraques avaient tour à tour été « ornées » de la fleur de lys royale, du coq constitutionnel et de l'aigle impérial. Tout cela était plus brillant que solide et ne l'avait pas beaucoup plus engagée que l'effigie des pièces de monnaie.

L'important, en ce grave moment du danger chaque jour plus imminent, était de profiter des dispositions à peu près tranquilles de la population remuante des faubourgs, toute abasourdie de son triomphe.

C'est ce que comprit le Gouvernement dit de la Défense nationale — et c'est peut-être là son seul mérite — lorsqu'il chercha à grossir démesurément sa victoire facile en adressant à la Garde nationale, devenue une puissance considérable, la proclamation suivante :

A la Garde nationale,

Ceux auxquels votre patriotisme vient d'imposer la mission redoutable de défendre le pays vous remercient du fond du cœur de votre courageux dévouement.

C'est à votre résolution qu'est due la victoire civique rendant la liberté à la France.

Grâce à vous, cette victoire n'a pas coûté une goutte de sang.

Le pouvoir personnel n'est plus.

La nation tout entière reprend ses droits et ses armes. Elle se lève prête à mourir pour la défense du sol. Vous lui avez rendu son âme que le despotisme étouffait.

Vous maintiendrez avec fermeté l'exécution des lois, et, rivalisant avec notre noble armée, vous nous montrerez ensemble le chemin de la victoire.

Le Gouvernement de la Défense nationale.

C'en fut assez pour tenir les remuants au repos pendant une quinzaine. C'était toujours cela de gagné pour permettre aux esprits raisonnables de se compter.

En attendant, la Rente tombait de 7 francs !...

LES COSTUMES

A chasse aux aigles que nous venons de rappeler fut le premier signal de la disparution de notre coiffure.

Le schapska rappelait d'abord beaucoup trop le uhlan à l'heure où l'on commençait à expulser les Allemands de Paris. D'ailleurs, ce schapska, privé de l'aigle d'or posé sur un soleil d'argent, était bien devenu la chose la plus horrible du monde.

Encore quelques jours, et la Légion ne portera plus sa coiffure d'origine polonaise, car c'est, croyons-nous, à la revue du 13 Septembre dans laquelle le général Trochu parcourut, suivi d'un escadron des nôtres, le front des 3oo,ooo hommes qui composaient alors la garde nationale et la garde mobile, que la Légion la porta pour la dernière fois.

Trente années contemplaient la Garde nationale à cheval du haut de ses schapskas!

Nous le verrons tout à l'heure, cette coiffure n'était devenue d'ordonnance dans la Légion qu'au commencement de la seconde moitié du règne du roi Louis-Philippe.

Chacun abandonna sa lourde coiffure avec un cœur plus léger encore que celui de M. Ollivier, de légère mémoire. Le képi écarlate, à turban bleu et à liserés blancs, devint d'uniforme. C'était ce qu'il fallait à des gens appelés désormais à coucher souvent sur le lit de camp et à fournir de longues courses à cheval. Aussi fut-il accueilli avec la plus grande satisfaction, malgré l'avis des hommes compétents qui regardaient comme très-utile pour des cavaliers de posséder une coiffure pouvant préserver des coups de tête des chevaux et des conséquences des chutes.

Bast! le schapska était lourd et trop fatigant pour être porté de longues heures, il était déparé de son principal ornement, il fut condamné!

La tenue, simplifiée du côté du chef, le fut encore par la mise à la retraite des épaulettes et de la fourragère blanches. Désormais, ainsi réduite, elle pouvait prendre véritablement le nom de *tenue de campagne*. On ne conserva intact que le harnachement complet du cheval.

Équipés à la légère, nos cavaliers se sentirent en quelque sorte plus soldats, et ce fut avec un plaisir sans mélange que chacun relégua le trop fameux *coton blanc* au fond de ses tiroirs.

A partir de ce jour, la Garde nationale à cheval attirait peut-être moins les regards sur son passage, mais elle commençait son rôle sérieux.

C'est en souvenir de la modification de notre uniforme que nous avons placé en tête de ce volume une gravure qui donne notre ancienne tenue de parade et notre nouvelle tenue de campagne.

**

La modification qui s'est produite dans le costume de la Garde nationale à cheval au moment de l'entrée en campagne a été, pour ainsi dire, la conséquence forcée du rôle actif que le Corps était appelé à jouer. Il s'est donc produit tout naturellement, et l'on s'est dans tous les cas contenté de ne supprimer dans la tenue que les ornements inutiles.

Ce que le plus grand nombre de nos Camarades ignorent, sans

doute, c'est que la tenue qu'ils portaient en 1870 n'était que le septième des costumes de la Légion.

Depuis sa création, la Garde nationale à cheval a joué son principal rôle sous trois gouvernements : la première République, la Restauration et le Gouvernement de Juillet. Chose singulière, son costume a été modifié deux fois sous chacun de ces gouvernements !

La plus haute fantaisie toujours présida d'ailleurs à la création de ces divers costumes, et l'on semble avoir eu pour objectif constant de donner à la Légion un uniforme brillant avant tout.

Ces transformations nous ont paru avoir un intérêt rétrospectif de nature à piquer la curiosité de nos Camarades ; aussi n'avons-nous pas hésité — même à propos du siége de Paris — à mettre sous leurs yeux, en causant de la dernière modification de notre uniforme, la série des costumes qui ont été portés dans la Légion.

Peu d'entre nous d'ailleurs ont eu l'occasion de les avoir sous les yeux. C'est donc une bonne fortune qui pourrait ne pas se présenter de si tôt.

Nous aurions désiré donner ces renseignements plus complets, en faisant teinter ces gravures, comme nous l'avons fait pour les costumes de tête de ce volume. Des difficultés matérielles s'y sont opposées. Nous voulons y suppléer, dans une certaine mesure, en donnant en regard de chaque dessin l'indication des couleurs.

Nous devons dire d'abord, comme observations générales, que la tenue de la Légion est essentiellement *tricolore*. Les couleurs de notre drapeau s'y retrouvent même sous la Restauration. Ensuite, le ton des couleurs est resté le même que pour celles que nous avons aujourd'hui : le bleu est le noir-bleu de nos tuniques ; le rouge, l'écarlate de nos parements ; le blanc celui de notre équipement. Il sera donc facile, à l'aide des indications que l'on trouvera en regard de chaque gravure, de recomposer les costumes passés.

Costume de l'an III.

C'est à cette date que l'on fait remonter la création de la Légion de cavalerie de la Garde nationale. C'est le général Lafayette qui l'aurait créée alors qu'il organisa les forces citoyennes de la capitale placées sous ses ordres. Nous avons même lu quelque part que la tenue qui fut adoptée à cette époque était de la propre composition de son fondateur.

Ces on-dit nous semblent de pure fantaisie, car en l'An III, c'est-à-dire en 1795, le général Lafayette ne commandait plus la Garde nationale de Paris. Si c'est ce général qui a créé notre Légion, il n'a pu le faire qu'en 1789 ou 1790, soit deux ou trois ans avant la Convention qui proclama la République.

C'est, dans tous les cas, un fait tout secondaire, et cela n'ôte rien à l'originalité de la première tenue de notre Légion.

Voici la description de ses couleurs :

Bleu. — L'habit, la schabraque et les fontes.

Blanc. — Les buffleteries, les parements du col, les gants, la bordure (galon) de la schabraque et des fontes, la perruque, les galons du chapeau, et les passepoils du plastron.

Costume de l'An III.

Rouge. — Le plastron, les revers des pans de l'habit (sur lesquels on lit en lettres d'or : *Liberté, Constitution*, le pompon et les glands du bicorne noir ou chapeau *en bataille.*

Le gilet, qui paraît sous le plastron, et la culotte sont couleur chamois tendre; les épaulettes sont blanches avec quelques tresses rouges et bleues. Enfin, les bottes sont fortes et en cuir noir.

Costume de l'An V.

Le costume de l'An III devait être bientôt remplacé et, cette fois, la tenue se rapprocha davantage de celle des dragons, pendant que la précédente ressemblait beaucoup à celle de la gendarmerie de l'époque.

Bleu. — Comme le costume précédent, plus le bas du plumet.

Blanc. — Le plastron, les buffleteries, les galons des fontes et de la schabraque, et le centre du plumet.

Rouge. — Le col, les bordures du plastron et le haut du plumet.

Le gilet et le pantalon de cheval restent chamois. Les aiguillettes de viennent de cette même couleur. Le casque est en cuir noir, garni

Costume de l'An V.

de cuivre et d'une peau de tigre. La crinière du casque est noire.

Costume de 1816.

La tenue devient plus grave. Tout le costume (tunique et pantalon) et la schabraque sont bleus. Le rouge ne figure que comme passepoils sur le col, les manches, la tunique, la schabraque et le pan-

Costume de 1816.   Costume de 1827.

talon. Le dessous des fausses épaulettes est également écarlate. Le reste, casque, plumet, aiguillettes et buffleteries, est blanc. La chenille du casque seule est noire.

La fleur de lys sur le paquetage est blanche, et celle qui se trouve sur la schabraque garnie de cuir est bleue.

Les boutons (qui avaient été jaunes dans les tenues de l'An III et de l'An V) sont blancs à partir de cette époque.

Costume de 1827.

Les seules différences avec le costume précédent sont les suivantes : La tunique ou kourka (*krourka* en polonais) est à plastron.
Les passepoils sont rouges comme le collet et les parements des

Costume de 1830.   Costume de 1843.

manches. La schabraque est bordée par un galon blanc et large,
bordé lui-même d'un passepoil rouge.

Enfin la tunique a deux rangs de boutons.

Costume de 1830.

Ce costume rappelle un peu la tenue d'Afrique. Le schako ou plutôt le *rouleau* à haute forme est orné d'un plumet rouge, blanc, bleu
(c'est l'ordre des couleurs), le bleu étant au sommet.

La veste est bleue, ainsi que la schabraque, qui est garnie comme
celle de 1827. Le col et les parements des manches sont rouges. Les
aiguillettes et la fourragère sont blanches comme la cocarde de la
coiffure et les buffleteries.

Costume de 1843.

C'est à peu de choses près la tenue que nous avions avant la guerre.
Les seules différences consistent dans la forme de l'habit (les pans
ont de larges garnitures rouges), dans les aiguillettes, dans une ceinture bleue et rouge, et dans la bordure de la schabraque et du paquetage qui est rouge au lieu d'être blanche comme elle l'était en dernier
lieu. Enfin, le coq occupe sur la schabraque la place qu'y occupèrent
plus tard l'aigle et finalement un numéro d'ordre.

A l'aide de ces renseignements, les amateurs pourront facilement
reconstituer les coloris des costumes ci-dessus qui ont été dessinés
avec la plus grande exactitude sur des documents dont nous devons
la précieuse communication à notre aimable et obligeant Commandant, M. Sosthène Moreau.

La prise du service aux Secteurs.

LE MOIS DE SEPTEMBRE

EPUIS l'empire, les Gardes nationales de la Seine recevaient toujours du pouvoir les chefs appelés à les commander. Ces chefs, pour la plupart d'anciens militaires ou des hommes connus et estimés dans leur quartier, n'étaient au moins jamais les premiers venus. Ce n'était pas un petit avantage comme ne l'a que trop prouvé depuis le système de l'élection à tort et à travers, inauguré en Septembre 1870 pour satisfaire quelques individualités bruyantes. Cet expédient fut une grande faute sans beaucoup de compensations. Rien, il est vrai, n'est plus flatteur que de commander à des hommes qui vous ont choisi pour leur chef. Rien n'est plus digne que de savoir obéir à l'homme que l'on a élevé sur le pavois. Mais que cette théorie soit applicable à des gens qui se connaissent à peine, qui ne se connaissent même pas, c'est inadmissible.

Il est juste de dire que dans toute autre circonstance la nomination directe des officiers par leurs subordonnés n'aurait pas produit des résultats aussi navrants. Le grand tort a été d'abord de vouloir trop faire à la fois. Ensuite, la condition de ne pouvoir faire porter les votes que sur les anciens titulaires des grades et sur d'anciens militaires était une injustice dans son premier terme, et une ineptie dans le second. On privait ainsi toute une série de citoyens de grades auxquels ils avaient aussi bien le droit de prétendre que ceux qui avaient seuls joui jusque-là d'un privilége. On amenait ensuite forcément dans les rangs des officiers une foule de fruits secs de l'armée : il suffisait d'avoir été caporal d'ordinaires pour prétendre à tous les grades !

Il y a eu d'heureuses élections, nous le reconnaissons : beaucoup de compagnies, beaucoup de bataillons même, n'ont eu qu'à se louer du vote inauguré par le décret du 2 Septembre ; mais ce système a si déplorablement fait surgir jusqu'aux premiers grades, dans la plupart des bataillons de la Garde nationale, les intrigants de la politique et les déclassés de tous étages, qu'on le doit comparer à l'arbre du Bien et du Mal de la Genèse. Hélas ! le mal ne l'a que trop emporté sur le bien ! Le suffrage libre ne pourra jamais se laver des souillures qui lui ont été infligées dans cette circonstance.

Si nous rappelons cette triste page de notre histoire de l'an passé, c'est moins pour le plaisir de récriminer que pour faire ressortir l'excellente attitude, au milieu du suffrage-gâchis-universel, de beaucoup des anciens bataillons, et surtout celle de la Légion de cavalerie.

Nos élections se firent le 7 Septembre pour la nomination des capitaines, lieutenants, maréchaux-des-logis et brigadiers, et trois jours après eurent lieu celles des officiers supérieurs composant l'Etat-major.

Au lendemain du 4 Septembre, chacun de nous recevait la circulaire suivante :

VILLE DE PARIS   PRÉFECTURE DE LA SEINE

GARDE NATIONALE A CHEVAL

e *Escadron*   *M*   *Paris, le* 4 *Septembre* 1870.

L'élection aux grades d'officiers, de sous-officiers et de brigadiers de l'escadron dont vous faites partie, ainsi que celle des délégués de l'escadron pour l'élection aux grades de colonel et de chefs d'escadron, auront lieu le 7 Septembre, à 8 heures et demie précises, à la Mairie (*la mairie changeait suivant l'escadron*).

Vous êtes invité à vous y rendre exactement.

Aux termes de la loi du 2 Septembre, présent mois, les officiers, sous-officiers et brigadiers devront être choisis parmi les anciens militaires.

Toutefois, les officiers, sous-officiers et brigadiers actuellement en fonction sont éligibles.

La liste de ces officiers, sous-officiers et brigadiers, ainsi que celle des anciens militaires de chaque escadron, sera affichée dans le local de l'élection.

Le CONSEILLER D'ÉTAT, *Secrétaire général*,
faisant fonction de PRÉFET,

ALFRED BLANCHE.

Après que cette circulaire nous fut parvenue, la veille des élections, nous recevions aussi à leur sujet une lettre du Colonel de la Légion. Elle était ainsi conçue :

Messieurs et chers Camarades,

Vous allez procéder d'après la loi aux élections de vos Officiers, Sous-Officiers et Brigadiers ; permettez à votre ancien Colonel, rentré dans vos rangs, de vous adresser quelques avis que la confiance que vous lui avez toujours témoignée l'autorise à vous soumettre.

L'entente et la bonne harmonie ont toujours régné dans notre Légion. Aujourd'hui, plus que jamais, il est utile que cet accord se manifeste : l'autorité de vos nouveaux chefs sera d'autant plus grande qu'elle sera basée sur un plus grand nombre de suffrages. Présentons-nous donc tous à l'élection de mardi, et tâchons de réunir l'unanimité des suffrages sur ceux que nous trouverons dignes des grades et aptes à les remplir.

Les opérations d'élections peuvent être longues, car il faut plusieurs votes successifs pour chacun des grades. Il faudra donc rester à nos sections jusqu'à ce que la dernière

élection, celle des Délégués qui doivent concourir plus tard à l'élection des officiers su
périeurs, soit faite, sous peine de voir l'opération annulée par l'insuffisance du nombre
des Gardes présents et remise à un autre jour, ce qui causerait un dérangement inutile à
chacun de nous.

La loi dit que les choix doivent porter sur d'anciens militaires ou sur les anciens titulaires des grades. Un état des personnes remplissant ces conditions sera affiché dans les
salles du vote pour éclairer le choix de chacun.

Il eût certainement été préférable d'avoir le temps de nous concerter à l'avance sur les
candidatures; mais les circonstances graves où nous sommes ne permettaient pas de
différer cette opération, afin de ne pas laisser péricliter le commandement au moment
où l'on peut avoir besoin d'un jour à l'autre de toutes les forces de Paris.

Le bon accord et la confiance mutuelle qui se sont toujours manifestés dans la Légion
entre les Officiers, Sous-Officiers et Gardes doit faire croire que les candidatures seront,
en général, tout naturellement posées par les anciens cadres, et laissez moi vous dire
que ce serait là la meilleure manifestation que nous puissions donner de notre bonne
organisation et de notre harmonie parfaite.

Croyez bien, Messieurs et chers Camarades, à l'entier dévouement de celui qui s'ho-
norera toujours d'avoir été votre Colonel.

E. QUICLET.

Ces conseils trouvèrent l'esprit de la Légion parfaitement di-
posé à les suivre. Mais nous devons à l'honneur des électeurs
de dire que ces dispositions n'empêchèrent pas, au moment du
vote, un examen très-sérieux des antécédents et des aptitudes de
tous les candidats.

La discussion fut peu animée pour les grades de capitaines et
de lieutenants, qui furent généralement confirmés aux anciens
titulaires. Comme un certain nombre d'anciens officiers ne se présentèrent pas aux suffrages des électeurs, ils furent presque toujours remplacés par l'officier qui possédait le grade immédiatement inférieur. C'est ainsi que d'anciens capitaines en second
devinrent capitaines-commandant, d'anciens lieutenants en 1ʳ devinrent capitaines en second, etc., etc.

Les *nouveaux* titulaires aux grades de sous-lieutenant, maréchal-des-logis et brigadier furent plus discutés que les *anciens*
titulaires, qui furent tous maintenus; mais, chose remarquable,
après l'examen des titres de chacun, les votes avaient toujours
lieu à l'unanimité ou à peu près.

Plusieurs des élections du 7 Septembre furent forcément modifiées,
quelques jours après, à la suite de l'élection des officiers supé-

rieurs. Il était dans l'ordre des choses naturelles qu'un certain nombre d'officiers des escadrons fussent élevés à des grades plus importants. C'est ainsi que M. le capitaine-commandant Durouchoux, du 1er escadron, ayant été nommé, par les officiers et les délégués, chef des 1er et 2e escadrons, à la place de M. Dollfus, qui ne se présentait plus, il fallut faire une nouvelle élection dans le 1er escadron. Il en fut de même pour le 3e escadron, M. Sosthène Moreau ayant été promu chef des 3e et 4e escadrons à la place de M. Boutet, succédant comme lieutenant-colonel à M. Carcenac, auquel l'état de sa santé ne permettait pas d'accepter une fonction aussi importante dans un semblable moment.

Ces nouvelles élections de remplacements se firent pour ainsi dire par promotions naturelles où chaque officier déjà élu remontait d'un grade.

En somme, les élections de la Garde nationale à cheval se firent dans tous les escadrons avec un ensemble très-remarquable. Celles de l'Etat-major témoignèrent au plus haut degré de la confiance que les officiers et les délégués des escadrons avaient dans leurs anciens chefs, très connus par la Légion depuis bien des années, car presque tous — nous le verrons plus tard — avaient passé par la filière entière des grades.

Aucun corps n'aurait certainement plus de preuves à donner que le nôtre de la vérité du dicton militaire : que chacun a dans sa giberne son bâton de maréchal.

Ce n'est pas un mince honneur pour la Légion de cavalerie que de s'être trouvée assez riche par elle-même pour ne pas avoir eu besoin d'aller chercher au-dehors aucun des éléments de son commandement. Elle s'est même, en maintes circonstances, trouvée assez heureuse pour fournir des officiers à l'Etat-major général et pour d'autres emplois auxquels nous reviendrons en temps opportun.

Une remarque que nous avons entendu faire, et que nous sommes heureux de transcrire ici, c'est celle qui constate l'excellente attitude des nouveaux engagés lors des élections. La réserve qu'ils ont montrée leur fait le plus grand honneur, car en se ralliant à la majorité de leurs aînés dans la Légion, ils ont contribué à maintenir l'esprit de famille qui avait toujours animé nos escadrons. Comme compensation, les anciens ne se sont pas fait faute de porter leur choix sur beaucoup de nouveaux venus qui avaient fait leurs preuves dans l'armée. La Légion y a surtout puisé d'excellents instructeurs de tous grades dont le zèle n'a pas été inférieur au savoir.

Si nous ne craignions de toucher à quelques susceptibilités inspirées, hâtons-nous de le dire, par les meilleurs sentiments, nous pourrions citer plusieurs exemples de modestie exagérée lors de certaines élections. Ainsi nous avons eu la preuve que des officiers avaient refusé d'accepter des grades supérieurs à ceux de leurs anciens chefs directs. D'autres, craignant d'influencer leurs électeurs, ont poussé la réserve jusqu'à ne pas poser leur candidature soit par leur présence à l'élection, soit même par lettre. Cette modestie, par trop exagérée, devait leur être fatale en raison des circonstances exceptionnelles dans lesquelles nous nous trouvions. Au lendemain d'un changement de gouvernement, on pouvait fort bien penser que les sympathies des abstentionnistes avaient suivi le pouvoir auquel ils avaient dû jusqu'alors leur grade dans la garde nationale. C'est une preuve que toutes les vertus ne sont pas récompensées.

Les élections se complétèrent par la nomination du Conseil de discipline et du Service médical faite par le Gouverneur de Paris sur la proposition du général commandant les Gardes nationales. C'était l'ancien cadre tout entier ou à bien peu de choses près.

A peine les élections venaient-elles d'être terminées dans la garde nationale, que le Gouverneur de Paris manifesta l'intention de passer en revue toute la garde-citoyenne. Cette cérémonie militaire, destinée, sans doute, à hâter l'organisation des bataillons, eut lieu le 13 Septembre, dans l'après-midi, sur toute l'étendue des boulevards, de la Bastille à la place de la Concorde. Le général, escorté de son nombreux état-major et d'un escadron de la Légion de cavalerie, passa devant le front des bataillons massés à gauche et à droite de la chaussée, et termina son inspection en passant aussi devant nos escadrons réunis sur la place de la Concorde et formant ainsi l'extrême droite.

Cette revue, favorisée par un temps splendide, fut aussi brillante que le comportait l'organisation nécessairement incomplète des bataillons. Les costumes, comme l'armement, laissaient bien à désirer. Le trop fameux *bizet* refaisait son apparition ; mais on pouvait passer sur les détails en faveur de l'empressement que chacun mettait à montrer qu'il était prêt à faire son devoir au jour prochain du danger. Le général Trochu, l'étoile nouvelle de la faveur populaire, fut accueilli avec une véritable joie par tous, et s'il fut salué trop souvent par des cannes à épée (remplaçant avec assez de désavantage le sabre entre les mains d'officiers des faubourgs) et par des cris un peu trop foncés en tonalité de *vive la République*, il put du moins espérer ce jour-là dans les bonnes dispositions de la Garde nationale, à laquelle étaient venus se joindre aussi les jeunes héros de l'avenir, les Gardes mobiles de la Seine et de tant d'autres départements.

Cette journée fut comme l'aurore du siége, car il devenait certain que l'ennemi arrivait et qu'il ne tarderait pas à atteindre nos murailles.

Un fait que nous ne devons pas manquer de noter ici, c'est que, deux jours avant cette grande revue, où figurèrent près de 300,000 hommes, le général de Lamotte-Rouge « cédant à des motifs respectables », suivant l'expression du général Trochu, avait donné sa démission de Commandant supérieur des Gardes nationales, poste auquel il avait été remplacé par M. Tamisier, pris dans les rangs de la garde nationale, où il s'était placé comme simple soldat.

Quelques jours après, le 18 Septembre, l'armée ennemie victorieuse entourait complétement Paris, et la capitale, séparée du pays, entrait dans son premier jour de siége.

Ce fut une étrange impression que celle que l'on ressentit lorsqu'il fut évident que la ville était bien réellement privée de ses rapports avec le dehors. On ne le crut vraiment que lorsque l'on vit qu'on ne pouvait plus écrire. La Poste, ce mouvement perpétuel de la civilisation, était au repos ! A Paris, tout est favorable aux badauds ; comme c'était un dimanche et qu'il faisait une journée splendide, les désœuvrés — il y en a eu pendant toute la durée du siége — allaient en pèlerinage sur les hauteurs pour *voir* les Prussiens ou *s'amusaient* à regarder les malheureux habitants des environs sauvant dans la ville ce qu'ils avaient de plus précieux. Navrant tableau s'il en fut !

La plupart des gardes de la Légion de cavalerie étant rentrés à Paris avant la fermeture définitive des communications, notre Corps put présenter un effectif de 630 cavaliers devant répondre à tous les ordres, et, dans ce chiffre, nous ne comprenons pas l'Etat-major (28 cavaliers), les trompettes et les hommes dispensés du service de la Légion, soit pour cause de maladie, soit par suite d'un emploi plus spécial dans une des branches de la défense nationale.

Tous les quartiers de Paris fournissaient leur part dans la composition de la Garde nationale à cheval, nous l'avons déjà dit ; mais ce que l'on doit ignorer, c'est la répartition de nos 630 cavaliers par arrondissement et par escadron. Nous en avons fait le relevé que nous donnons ici :

ARRONDISSEMENTS	1er ESCADRON	2e ESCADRON	3e ESCADRON	4e ESCADRON	TOTAUX
Premier	10	6	22	18	56
Deuxième.	5	18	30	3	56
Troisième.	4	5	4	5	18
Quatrième	2	2	11	9	24
Cinquième	»	»	5	14	19
Sixième.	10	3	4	3	20
Septième	16	2	1	2	21
Huitième.	45	26	15	9	95
Neuvième.	9	49	25	17	100
Dixième	5	18	15	24	62
Onzième	»	4	5	16	25
Douzième.	1	6	3	24	34
Treizième	1	»	2	10	13
Quatorzième . . .	2	3	5	2	12
Quinzième	1	»	3	»	4
Seizième	8	3	3	»	14
Dix-septième. . .	7	9	1	3	20
Dix-huitième. . .	1	8	4	7	20
Dix-neuvième. . .	1	»	»	11	12
Vingtième.	»	»	»	5	5
TOTAUX. . .	128	162	158	182	630

A ce moment de la fermeture des portes de Paris, la Légion de cavalerie vit venir à elle, non-seulement des hommes devant faire partie de la garde nationale par suite de leur âge inférieur à 40 ans, mais elle réengagea plusieurs de nos anciens camarades qui avaient atteint, même depuis longtemps, la limite de la retraite. Plusieurs d'entre eux, qui avaient jadis occupé des grades, n'hésitèrent pas à se mêler aux rangs des simples cavaliers, heureux de pouvoir contribuer pour leur part à la défense du pays. Nous les avons vus, ces hommes blanchis par l'âge, aussi fermes sur leurs chevaux que nos jeunes gens, et ce ne sont pas eux qui ont fait leur service avec le moins de dévouement.

Ce fait ne s'est pas produit exceptionnellement, comme on pourrait le croire. Tous nos escadrons ont eu ce bonheur et cet honneur. Pour notre part, nous ne cacherons pas l'étonnement que nous avons ressenti un jour que nous reconnûmes dans la personne d'un garde qui nous portait les armes l'ancien Chef des 3ᵉ et 4ᵉ Escadrons, qui s'était réengagé comme simple cavalier après avoir refusé de se présenter aux élections de Septembre, alors qu'il ne croyait plus pouvoir être assez utile.

Voilà des hommes qui étaient fiers d'appartenir encore à la Légion, et la Légion peut à bon droit s'enorgueillir d'un semblable souvenir.

Avec de pareils éléments, la Légion de cavalerie devait nécessairement être appelée à un service plus important que celui auquel elle avait été affectée jusqu'alors. Chaque jour un escadron fut désigné pour se mettre, au besoin tout entier, à la disposition du Gouverneur de Paris, au Louvre, de l'Etat-Major général des Gardes nationales, place Vendôme, et des Commandants des 9 Secteurs à leur quartier-général respectif. Partout nous étions chargés du service de la transmission des dépêches. On désira même nous prendre pour l'escorte des officiers; mais devant les justes susceptibilités du Colonel de la Légion on n'insista pas. Il y avait d'ailleurs assez de cavaliers de l'armée pour faire ces escortes, et le service des dépêches devait très-largement suffire à mettre souvent nos chevaux sur les dents.

Tous les cavaliers de la Légion qui n'étaient pas utilisés à chaque prise du service devaient au moins poursuivre leur instruction militaire sous les ordres de leurs officiers. Dès la fin du mois de Septembre, tout le monde montait à cheval au moins tous les quatre jours. Tous les matins les gardes de l'escadron de service se rendaient individuellement à la place Vendôme, désignée comme rendez-vous général. Là, les Maréchaux-des-logis-Chefs leur indiquaient le lieu où ils devaient se rendre. C'est ainsi que l'on voyait défiler chaque matin dans Paris les divers groupes de nos cavaliers se rendant où le service les appelait, c'est-à-dire dans les différents postes avec lesquels nous allons renouveler connaissance. Mais, avant de terminer ce chapitre, qu'il nous soit au moins permis d'appeler l'attention de nos lecteurs sur le dessin qui le commence. Nous le devons à notre excellent camarade R. Goubie. Tous ceux d'entre nous qui ont fait le service des Secteurs reverront dans leur souvenir cette petite scène si spirituellement retracée, car rien n'est naturel comme la position de ces trois cavaliers que l'on vient relever : l'un est déjà prêt, le second met la dernière main à la selle, pendant que le brigadier, qui vient sans doute de reprendre sa feuille de service à l'État-major, accourt pour communiquer l'ordre à celui qui vient le remplacer dans son commandement de 24 heures.

Un Souvenir du 5ᵉ Secteur.

UNE RONDE DE CAPITAINE

ᴇs postes occupés par la Légion de cavalerie ont été visités jour par jour et par ordre, pendant le siége, par les capitaines dont l'escadron était de service. Les officiers supérieurs, de leur côté, faisaient des inspections imprévues.

Ces rondes, qui avaient pour but de se rendre compte des besoins de nos gardes et aussi de la régularité de leur service, étaient une véritable charge pour nos capitaines. Après avoir assisté le matin à la prise d'armes de leur escadron et, un peu plus tard, au rapport quotidien, ils devaient encore tous les quatre jours monter trois et quatre heures à cheval pour visiter ces postes, sans compter les inspections qu'ils étaient appelés à faire jusque dans la soirée.

Or, nos postes étaient nombreux et éloignés les uns des autres. Nous allons en revoir ensemble la principale physionomie à la suite d'un de nos capitaines faisant sa ronde.

*
* *

A tout seigneur, tout honneur.

Ce sera par le poste du Louvre que nous commencerons.

C'est là, d'ailleurs, que notre rôle avait commencé en Août. C'est là que nous a trouvés le Gouverneur de Paris lorsqu'à notre service de parade, au Carrousel, il a substitué celui infiniment plus utile des estafettes. Aussi avons-nous voulu en garder un souvenir tout particulier par le dessin placé en tête du premier chapitre de ce volume.

Bien que très-peu confortable, ce poste n'en était pas moins recherché : d'abord parce qu'il était au centre de Paris et que sa situation sur la place même du Palais-Royal offrait l'agrément de la vue du mouvement parisien. Ensuite, le service qu'on y faisait n'était pas sans offrir quelque charme, car c'est surtout de ce point que l'on portait le plus d'ordres dans les forts : c'est dire que les amateurs de courses hors des murs y trouvaient souvent de quoi satisfaire leur goût pour les promenades sérieuses et quelques fois même périlleuses, comme cela a été le cas pendant le bombardement. C'était enfin le poste le mieux informé en raison de son attache directe au service du Gouverneur de Paris.

On parvenait à ce poste par un de ces escaliers sombres comme on n'en voit que dans les massifs palais où le jour ne peut pénétrer dans le milieu des constructions. Il avait mérité le titre d'*escalier de l'avancement*, en souvenir, sans doute, d'un des escaliers du ministère des finances que de jeunes commis, à l'esprit jovial, désignaient ainsi, parce qu'ils comptaient — peu charitablement du reste — voir leurs chefs de bureaux y trouver une fin fatale, favorable à leur propre avancement.

L'intérieur n'était pas sensiblement plus soigné que l'escalier par lequel on y parvenait : les lits de camp réglementaires, une table noire comme la dame de pique qui y avait beau jeu dans les heures de loisir,

Car que faire en un *poste*, à moins que l'on y *joue?*

quelques bancs, quelques chaises plus qu'âgées, un fauteuil ayant perdu — sans doute par couleur locale — un bras à la bataille ; enfin, la fameuse tablette suspendue au plafond par deux crampons en fer complétait, avec un poële, toujours ou trop chaud ou trop froid, le mobilier de l'endroit, qui plus tard, sous la Commune, n'a pu trouver grâce devant Messieurs et Mesdames du Pétrole !

Malgré ce tableau, qui n'a cependant rien de chargé, on était encore bien dans ce poste, car la bonne harmonie qui y régnait toujours faisait regarder les questions de bien-être comme tout-à-fait secondaires.

Le Louvre fut d'abord le seul quartier occupé par la Garde nationale à cheval. Il était commandé par un officier. Nos lieutenants le prenaient à tour de rôle comme les hommes de leur escadron. Ils avaient la responsabilité du service, commandaient les patrouilles de nuit et les manœuvres du matin, étaient eux-mêmes quelquefois demandés pour remplir des missions — ils étaient alors escortés d'un trompette — et, comme compensation, étaient logés dans ce qu'on appelait gros comme le bras la chambre de l'officier, — réduit dans lequel un trappiste n'aurait pas été à l'aise.

Les chevaux étaient relégués dans une sorte de cave ; mais ils y étaient à peu près bien nourris et soignés.

Un fait particulier à noter, en finissant, est celui-ci : C'était presque toujours notre trompette de service au poste du Louvre qui faisait les trois sonneries d'usage lorsque nos autorités militaires se présentaient, pour une cause ou pour une autre, en parlementaires à l'armée ennemie.

*
* *

Le poste de l'État-Major des Gardes nationales s'est trouvé diversement composé pendant la durée du siége. Formé dans le principe de 14 hommes, sous les ordres d'un maréchal-des-logis, il eut plus tard des annexes. Ce fut d'abord un peloton de 25 hommes sous les ordres d'un lieutenant, au manége Duphot, destiné à former l'escorte du général commandant des Gardes nationales et pour le service des dépêches, qui était souvent fort important vers les six heures du soir. Il n'a pas été rare, en effet, d'avoir à porter sur

tous les points extrêmes de Paris 150, 200 et même plus de dépêches entre 5 et 8 heures du soir.

Plus tard, lorsque l'Etat-major des Gardes nationales fut transporté
à l'Elysée, il y eut jusqu'à 48 hommes de service aussi bien pour
l'expédition des dépêches de la Place que pour l'Intendance de la
deuxième armée (Garde nationale), et pour la garde de l'Etat-major
de la Légion de cavalerie qui avait quitté la mairie de la rue d'Anjou
pour s'installer place Vendôme.

Partie de ces 48 hommes occupaient la sellerie et la remise du ministère de la Justice, poste relativement confortable grâce à sa pro-
preté; partie occupaient une vaste pièce de l'Elysée convertie en dortoir; partie enfin se trouvaient dans le poste réservé de tout temps
à la Garde nationale à pied lorsqu'elle gardait l'Etat-major.

Au ministère de la Justice, les chevaux étaient admirablement bien
dans la belle écurie que M. Billault y avait fait installer. A l'Elysée, nos pauvres bêtes étaient, par contre, aussi mal que possible
sous une vaste tente qui a laissé d'assez tristes souvenirs, car elle était
si glaciale, par l'hiver rigoureux que nous avons traversé, que plusieurs chevaux se trouvèrent fort mal de son séjour — un même y
trouva la mort; — sans compter qu'après quelques jours d'occupa-
tion on ne savait plus comment leur donner à manger : les man-
geoires en sapin avaient bien vite disparu sous l'appétit trop justifié
de nos bêtes par le temps de rationnement qu'elles devaient supporter.

Le poste de l'État-major général était certainement celui où les cavaliers de la Légion avaient le plus à faire. C'était un mouvement
perpétuel de jour et de nuit.

Une anecdote en passant :

L'armistice ayant été conclue et la Garde nationale seule maintenue
comme force armée à Paris, plusieurs officiers de son État-major général dûrent se rendre à Versailles pour le règlement de certains dé-
'ails. Quelques-uns de nos gardes les y escortèrent. Un de ces officiers
étant arrivé tard à Versailles avec son escorte, qui se trouvait être le
maréchal-des-logis commandant le poste de l'Elysée ce jour-là, ce
dernier fut servi chez Monsieur de Bismark, qui lui donna ensuite,
pour la nuit, un billet de logement dans un des hôtels de la ville du
Roi-Soleil. Etant certainement un des assiégés ayant touché Ver-

sailles des premiers, il songea naturellement, pour son retour, à rapporter quelques provisions au foyer conjugal, et sans bruit il fit, en conséquence, ses petites acquisitions. Quel ne fut pas son étonnement lorsque le lendemain matin le chancelier de l'empire d'Allemagne lui faisait remettre un laisser-passer autorisant son départ de Versailles avec *un paquet contenant des vivres !*

On peut juger par ce simple fait, dont nous pouvons garantir l'exactitude, car nous avons eu sous les yeux le laisser-passer en question, combien la police allemande était aux aguets.

* *

L'Hôtel-de-Ville, siége du Gouvernement de la Défense nationale, fit aussi demander au Colonel un petit poste de Gardes à cheval, et pendant quelque temps trois cavaliers s'y rendirent chaque matin. La mission qu'ils avaient à y remplir était plutôt un emploi de confiance qu'un service d'estafettes proprement dit.

Là, on faisait bien les choses pour les hommes : ils étaient convenablement installés, et comme ils ne pouvaient guère sortir que pour remplir les missions qui leur étaient confiées, ils trouvaient à l'intérieur une vie qui, pour être modeste, n'en laissait pas moins voir qu'on devait moins souffrir à l'Hôtel-de-Ville qu'aux alentours.

Si les cavaliers avaient une table suffisamment garnie, leurs chevaux n'avaient qu'un bien maigre râtelier ; ils finirent même par ne plus être nourris du tout ! — Pas d'argent, pas de Suisses, dit la sagesse populaire ; pas de fourrages, pas de service, dit alors à son tour le Colonel de la Légion. C'était bien le moins qu'on donnât des jambes à nos chevaux le jour où on les employait à un service public.

C'est faute de pouvoir résoudre cette grave question de la fourniture d'une quarantaine de litres d'avoine et de deux ou trois bottes de foin par jour que l'Hôtel-de-Ville dut de ne plus avoir le concours de nos cavaliers. Que l'on vienne dire qu'on y gaspillait.

Risum teneatis amici !

* *

Lorsque dans les premiers jours du mois de Septembre le concours de la Légion de cavalerie fut réclamé aux divers quartiers-généraux des Secteurs, les escadrons fournirent à tour de rôle trois cavaliers à chacun de ces Secteurs. Mais comme on ne put partout loger hommes et chevaux dans ces installations souvent bien à l'étroit, la Légion finit par ne plus faire régulièrement le service que dans six sur neuf de ces postes. Nous nous contenterons donc de ne parler que des Secteurs sérieusement occupés par nous.

*　*　*

Le premier Secteur, à Bercy, sous les ordres du général Faron jusque vers le milieu de Novembre, puis sous le commandement du général de Barollet, était situé dans la maison numéro 26 de la rue Michel Bizot (l'ancien Chemin des Marais), près de la Porte de Saint-Mandé.

Il était difficile de trouver pour nos camarades une installation plus mauvaise que celle qui leur fut attribuée là. Ils étaient réduits à habiter une sorte de cuisine dans laquelle on ne pouvait même pas faire de feu, pendant que leurs chevaux occupaient un hangar (qu'il fallut clore le mieux possible avec quelques toiles) qui se changeait en un véritable cloaque chaque fois qu'il pleuvait.

On comprendra alors qu'il n'était pas toujours facile de composer le poste qui devait chaque matin relever celui de la veille. Il fallait avoir recours parfois à de véritables dévouements; aussi le Secteur de Bercy est certainement celui qui aura laissé les moins bons souvenirs dans la Légion. Dans tous les cas, c'est celui où elle a été le plus éprouvée, ainsi que nous aurons occasion de le dire plus loin.

*　*　*

Le deuxième Secteur, sous les ordres du général Callier, était à Belleville, rue Haxo, dans les maisons numéros 79 à 85, non loin de la Porte de Romainville. Pas de luxe, tant s'en faut, mais au moins une installation convenable pour les hommes et pour les chevaux. Il était seulement d'un accès un peu pénible pour ces derniers en raison de la montée de Belleville. Quant à la population de l'endroit, elle

finit par être plutôt bienveillante. Il fallait, par exemple, ne pas
« faire le fier », témoin l'invitation impossible à refuser qui fut faite,
à la nuit close, à deux de nos camarades, de trinquer à la santé
de la République dans un des bouchons borgnes de la localité.
Trinquer n'est pas compromettant ; mais ce qui était plus dangereux,
c'était de vider le *canon* des frères et amis. Ce le fut, en effet, pour
nos gardes qui faillirent rendre l'âme pour avoir pris part à ces liba-
tions républicaines....

* * *

Le quatrième Secteur, celui de Montmartre, sous le commandement du contre-amiral Cosnier, — si malheureusement mort depuis
— avait pour quartier-général une maison portant le numéro 105 de
l'Avenue de Saint-Ouen, près de la porte du même nom, devenue
célèbre par le voisinage de la fameuse *Joséphine*.

Le poste de nos camarades y fut longtemps un rêve, car il se borna
pendant plusieurs mois au seuil de la porte lorsqu'il faisait beau et à
la boutique du marchand de vins d'à côté par les temps de pluie !
Quant aux chevaux, ils occupaient, dans les environs, une partie des
écuries d'un petit loueur de voitures.

Lorsque ce poste fut pris pour la première fois, le 2ᵉ Escadron était de service. Dans la journée nous nous y rendîmes
avec le capitaine Lafitte pour voir si nos camarades y avaient trouvé
bon accueil. Il avait été excellent, si goûté même qu'on ne s'était
occupé des hommes et des chevaux que pour les faire courir ! Quant
au coucher des cavaliers et au fourrage des chevaux, il n'en était pas
du tout question, on n'y avait même pas songé. On finit bien par s'entendre avec la mairie pour l'avoine ; mais nos amis ne pouvaient
trouver de logement dans ce quartier déjà populeux et bondé par les
réfugiés des environs de Paris. Le capitaine Lafitte eut alors une inspiration que beaucoup de nos camarades, qui en ont ressenti les
effets, ignorent encore probablement. Comme il connaît tout le
monde, il devait nécessairement connaître près de là d'excellentes
Sœurs qui venaient d'installer une ambulance encore sans blessés.
Ces dignes et hospitalières femmes n'hésitèrent pas à offrir à nos
gardes les beaux petits lits blancs inoccupés. C'est à partir de ce jour

que cette ambulance devint le refuge de nos cavaliers. Non-seulement ils y rencontraient d'excellents lits, mais on ne les laissait
jamais partir le matin sans les lester d'un potage parfait et... d'un
exemplaire d'une prière à nous ne savons plus trop quel saint.

* *

Le général Ambert n'occupa que quelques jours le cinquième Secteur, celui des Ternes. Mis à l'index par quelques bataillons de la
Garde nationale pour ne pas avoir des sentiments républicains assez
prononcés — il refusa, paraît-il, de crier *vive la République!* dans
une inspection qu'il faisait aux remparts, — il fut remplacé par le
contre-amiral du Quillio, un vrai marin breton qui sut se faire aimer
de tous ceux qui eurent l'honneur de l'approcher.

Son quartier-général fut d'abord situé boulevard de Neuilly, 117,
à l'*Hôtel du Parc*, près de la Porte Bineau. Nos Gardes y trouvaient un gîte des plus confortables, pendant que leurs chevaux occupaient, près de là, les écuries du duc de Mouchy. Un peu plus tard
le quartier fut transporté à l'avenue Mac-Mahon, 79 (ex-avenue du
Prince-Jérôme), dans un hôtel particulier. Nos camarades, logés
dans les communs, y perdirent beaucoup comme installation : nous
voyons encore cette petite chambre dans laquelle *gisaient* trois lits de
camp ressemblant à trois cercueils, et qui devaient en avoir toute
l'élasticité. A cela près, on y était encore suffisamment bien.

C'est à ce Secteur que la Légion de cavalerie était plus spécialement attachée, et c'est à la juridiction de son Conseil de guerre que
les Gardes à cheval eussent été déférés — sans jeu de mot — s'il
s'était produit dans leurs rangs quelque faute grave.

Cette attache spéciale d'une part, et de l'autre l'extrême bienveillance de l'amiral et les excellents et amicaux rapports que l'on y avait
avec tout l'État-major, faisaient de ce Secteur un véritable Eden pour
nos camarades.

C'était aussi à ce Secteur que se trouvait en permanence la cantinière de la Légion. Puisque chaque bataillon en comptait jusqu'à
sept ou huit, la Garde à cheval pouvait bien s'offrir le luxe d'en avoir
une. Mais, il faut le dire, la nôtre n'était pas une cantinière ordinaire,

et ce n'est pas trop s'avancer que de dire qu'on put la croire longtemps un modèle... sous tous les rapports. Jeune, jolie, faite au tour,
blonde comme les blés, avec de beaux yeux bleus grands comme ça,
portant avec une grâce exquise notre élégant costume et montant avec
sûreté un superbe cheval de première force quelle menait avec une
aisance infinie, voilà pour le physique. Au moral, c'était bien autre
chose encore, car jamais on n'entendit mal parler d'elle, et jamais
garde n'avait pu se vanter d'avoir attiré plus qu'un autre ses regards....

— Tant de vertus dans votre cantinière, diront les gardes à pied?

Ce n'était évidemment pas chose ordinaire..... à ce que nous
avons entendu dire.

— Eh bien ! vous aviez raison dans vos doutes. Fiez-vous aux
apparences !..... N'avons-nous pas appris un jour que notre céleste
cantinière avait été enlevée tout comme la première vivandière
venue !

Soyons indulgents ici, et puisque nous avions un portrait de cette
charmante personne, nous avons voulu, malgré sa fâcheuse fin, reproduire ses traits en tête de ce chapitre.

Mais.... avons-nous dit que ce modèle de tant de vertus, enlevé
si inopinément par un inconnu, n'était que le produit de l'imagination
et l'œuvre des pinceaux de notre camarade Richard Goubie ?

Il est encore temps de dire que notre habile artiste avait réussi à
faire un tableau charmant sur un panneau d'une des portes de la
chambre réservée aux Gardes à cheval au cinquième Secteur. C'est
ainsi qu'il utilisait les quelques moments de liberté dont il jouissait
dans son service.

Cette peinture a disparu depuis longtemps, car les amateurs ne
devaient pas manquer ; mais elle avait eu le temps de passer sous
les yeux d'un grand nombre de nos camarades. Ce n'est donc plus
aujourd'hui qu'un souvenir du cinquième Secteur.

*
* *

Le service du sixième Secteur, à Passy, amiral Floriot de Langle,
ayant été fait constamment par les trois mêmes gardes, nous ne

nous y arrêterons pas autrement que pour exprimer nos regrets de
la fin malheureuse de l'un d'eux, le comte Grégoire de Potocki, un
Polonais aimant la France comme une seconde patrie, qui a trouvé
la mort, après le siége, en dévissant un obus. Nous aurons à reparler
plus tard de ses camarades si, comme nous l'espérons, ils reçoivent,
avant que ce livre ne soit imprimé, la juste récompense à laquelle ils
ont droit de prétendre.

* *

Nous terminerons cette ronde de capitaine par le septième Secteur, celui de Vaugirard, placé sous le commandement de l'amiral
de Montagnac. Ce quartier-général, situé dans la gare de Vaugirard-
ceinture, était si peu grand que, faute de pouvoir loger nos cavaliers
la nuit, on les renvoyait le soir chez eux, lorsque le fort du service
était terminé.

Ce Secteur mérite ici une mention spéciale pour le bombardement
qu'il a éprouvé pendant plusieurs semaines en Janvier. Le danger
qu'on y courait n'a jamais empêché un seul de nos gardes de s'y
rendre avec plaisir.

Il nous reste, en finissant, à dire que le service des Secteurs, pendant tout le siége de Paris, s'est fait dans la Légion avec un entrain
admirable. Les excellents rapports qui se formaient partout entre les
membres de la Légion et les Officiers des États-majors dénotaient
bien que ceux qui donnaient des ordres et ceux qui les portaient sor-
taient du même monde, et qu'ils s'y retrouveraient après la guerre.

Une dernière réflexion. Après avoir lu ce qui précède, nous croyons
que personne ne pourra dire encore — comme nous l'avons entendu
faire — que la Garde nationale à cheval n'avait occupé à Paris que
des postes *aristocratiques*.

Une Nuit à la belle étoile.

LE MOIS D'OCTOBRE

vec le mois d'Octobre, c'est-à-dire une quinzaine de jours après l'investissement, il devient à peu près évident pour tout le monde que l'armée allemande veut se borner à établir ses cantonnements autour de la Capitale. N'ayant pas profité de notre premier échec du 19 Septembre, à Châtillon, et surtout du premier moment de stupeur qui aurait pu favoriser, sans pertes trop sérieuses, son entrée de vive force à Paris, cette armée, à ce que l'on pouvait prévoir, suivait un plan conçu et mûri depuis longtemps, celui de se contenter désormais de nous tenir dans un blocus des plus étroits.

Guillaume, l'homme aux gros appétits, voulait nous affamer, estimant que nous n'étions pas en mesure de pouvoir résister à l'argument de la faim plus de six semaines ou deux mois, pendant lesquels il mènerait grande vie à Versailles.

Bismarck, l'homme aux petites manœuvres, comptait plus encore, pour s'ouvrir les portes de Paris, sur les troubles que ses agents sauraient fomenter dans les rangs du peuple avec l'aide de l'argent prussien.

De Moltke, le soldat que la fougue de l'âge n'emportait plus, comptait davantage sur le nombre de ses soldats pour nous isoler que sur leur élan pour nous réduire d'un seul coup.

Chacun de nos ennemis, visant à un même but, y comptait arriver avant peu en se prêtant un mutuel concours. Ils faisaient ensemble des essais psycologiques !

En somme, ce fut encore le moyen du général qui remporta le premier *accessit* dans ce concours, car il épargna complétement son armée pendant que le roi et le diplomate attendirent bien longtemps — 133 jours, plus du tiers d'une année — l'un, le dernier cri de notre estomac, l'autre, le résultat de ses intrigues qui aboutirent si misérablement le 31 Octobre... *desinit in piscem....*

Il faut dire qu'ici les espérances de résistance n'allaient pas au-delà d'un laps de temps assez court pour beaucoup de gens. Ceux qui comptaient que l'on pourrait rester, sans nouveaux approvisionnements, seulement pendant trois mois, c'est-à-dire jusque vers le milieu de Décembre, passaient déjà pour des esprits exagérés au dernier point.

Mais c'était pour notre population une perspective énorme, car c'était donner au pays le temps d'organiser sa défense. L'imprévu devenait alors un élément de confiance. Loin de se décourager, cette population s'enhardit, au contraire, peu à peu par le maniement journalier des armes et à la vue des énormes travaux de défense — quelques-uns bien plaisants cependant — qui surgissaient chaque jour comme par miracle. Elle comptait aussi sur un retour offensif heureux de Bazaine, qui possédait, à Metz, la véritable armée de la France. Enfin, elle avait cette sorte de sécurité de l'homme placé derrière un bon mur pour appuyer sa défense, surtout lorsque son ennemi se tient à une distance respectueuse ainsi que le firent les Allemands jusqu'au bout.

La crainte du bombardement jetait seule quelque froid. On ne se croyait même pas à l'abri en plein cœur de Paris. Plus tard, que de gorges-chaudes n'a-t-on pas faites lorsque les obus des canons Krupp ne parvinrent décidément que dans les quartiers excentriques?

Au début d'Octobre un rapport du Ministère de la guerre déclara que Paris possédait 400,000 hommes armés. On n'en pouvait croire ses yeux. Cette assurance arriva à point nommé pour atténuer le triste effet que devait produire, dans la même journée, la nouvelle de la capitulation de Toul et surtout celle de l'héroïque Strasbourg.

Enfin, le départ, en ballon, de Gambetta chargé d'aller remuer la province, que les délégués de Tours ne pouvaient parvenir même à réveiller de sa torpeur indifférente ou craintive, acheva de fonder un espoir sérieux sur les mesures que prenait le nouveau gouvernement parisien.

*
* *

Pendant tout le mois d'Octobre, le service de la Légion de cavalerie de la Garde nationale fut des plus actifs, et l'entrain fut de plus en plus manifeste dans ses rangs. Quelques-uns de ses membres eurent même l'honneur d'assister d'assez près aux combats qui eurent lieu successivement à Cachan, à la Malmaison, à Bagneux, à la Jonchère et au Bourget, grâce aux messages dont ils étaient porteurs pour les États-majors. On observa même que le 4e Escadron eut une chance toute particulière d'être précisément de service les jours où eurent lieu les principaux combats.

Tous nos camarades remplirent ces missions avec sang-froid et revinrent sains et saufs.

Cependant, le 7 Octobre, à la prise du service, le bruit se répandit qu'un des nôtres avait été gravement blessé la veille. Chacun s'en émut naturellement, et l'on ne tarda pas à apprendre que le brigadier Vieillard, du 1er Escadron, avait en effet essuyé de nombreux coups de feu ennemis.

Détaché, avec deux de ses camarades du 1er Escadron, au Secteur de Bercy, avec lequel nous avons déjà fait connaissance, le brigadier Vieillard avait été chargé d'accompagner un officier de l'État-major dans une reconnaissance destinée à constater la position de l'ennemi dans la campagne. Après s'être avancés avec prudence assez loin, ils se disposaient à rentrer au Secteur, sans avoir rien aperçu de suspect, lorsqu'ils furent tout à coup assaillis par une grêle de projectiles. Dès la première décharge, le cheval de notre camarade tombait frappé de plusieurs balles, et quelques instants après, battant en retraite, il recevait lui-même une balle dans le bras gauche. Doué d'une grande énergie, il ne faiblit pas assez pour ne pas pouvoir se dégager de la position critique dans laquelle il se trouvait et regagner Paris pour rendre compte, avec son compagnon, de la mission qu'ils avaient ainsi accomplie au péril de leurs jours.

Après la douloureuse opération de l'extraction du projectile, notre camarade eut la chance d'atteindre une guérison satisfaisante et rapide.

Sa conduite énergique ne fut pas seulement appréciée dans la Légion de cavalerie ; elle fut portée à la connaissance de la Garde nationale tout entière par l'ordre du jour que l'on va lire :

ORDRE No 240.

14 Octobre.

Le Général commandant supérieur porte à la connaissance de la Garde nationale la belle conduite du brigadier Vieillard, du 1er Escadron de la Légion de cavalerie de la Garde nationale, blessé devant l'ennemi, le 6 Octobre 1870, dans un service militaire commandé.

Le Commandant supérieur,

TAMISIER.

* *

Quelques jours après cet incident, qui valut à la Légion la faveur d'un ordre du jour aussi flatteur et plus tard une récompense hors ligne pour celui qui en avait été la cause, une douloureuse nouvelle se répandit à Paris. Le comte de Dampierre, blessé mortellement à la tête du bataillon des Mobiles de l'Aube qu'il commandait au combat de Bagneux, venait de succomber. Connu du tout Paris du Sport et du High-Life, le comte de Dampierre comptait de nombreuses connaissances et même de nombreux amis dans la Légion de cavalerie.

Lorsque l'on sut que les obsèques du brave commandant, dont la dépouille avait été rendue à ses malheureux soldats, auraient lieu le dimanche 16, à l'église de la Madeleine, un très-grand nombre de gardes et presque tous les officiers de nos escadrons se présentèrent spontanément pour lui rendre les honneurs militaires. La Légion partagea ainsi ce douloureux devoir avec une partie du bataillon de l'Aube, qui s'était couvert de gloire à la suite de son chef.

Ce fut un singulier spectacle que celui de voir ces enfants de nos campagnes, encore tout fatigués des dures journées qu'ils venaient de passer, couverts de la poussière du combat, et leurs vêtements portant les traces de la lutte, entourant le cercueil de leur héroïque commandant, pendant que, le sabre à la main, notre Légion, dans une tenue irréprochable, formait la haie depuis le catafalque jusqu'au portique du Temple.

*
* *

Voilà à peine un mois que Paris est assiégé, et la Légion de cavalerie commence déjà à se ressentir de la difficulté de nourrir ses chevaux. Comme nous ne sommes de service que tous les quatre jours, nos chevaux ne reçoivent l'*avoine officielle* que tous les quatre jours aussi. Il faut bien cependant leur donner à manger les trois autres journées, et voici que le gouvernement réquisitionne les fourrages et les avoines ! Payer cher, passe encore; mais ne plus rien trouver, c'est trop dur en vérité. A partir de ce moment, dire à quels moyens nous sommes obligés d'avoir recours est impossible. On passe les journées qui ne sont pas absorbées par le service à chercher de droite et de gauche les quelques sacs d'avoine qui n'ont pas été déclarés et, naturellement, on les paie un prix absurde.

Nous qui avions la naïveté de croire que ces avoines, ainsi réquisitionnées par le gouvernement, étaient destinées à nourrir les chevaux de la cavalerie et de l'artillerie. Eh bien ! on n'en privait nos pauvres bêtes que pour nous en régaler nous-mêmes plus tard !

En attendant, nos chevaux commencent à coucher sur la dure, faute de litière, et, comme nous, sont mis à la ration. Malgré cela, ils n'en doivent pas moins conserver leurs jarrets d'acier.....

Nous ferons nos comptes à la fin pour voir ce que tout cela nous aura coûté.

* *

Nous réservons plus loin un chapitre spécial aux canons pour lesquels le Colonel a ouvert une souscription dans la Légion. Si nous parlons ici de ce fait, c'est pour le placer d'abord à sa date chronologique, et ensuite pour rappeler une question à laquelle nous n'avons jamais pu nous répondre d'une manière satisfaisante.

Comment se fait-il que Monsieur Étienne Arago, le maire de Paris qui s'est nommé lui-même le 4 Septembre à l'Hôtel-de-Ville, où il se trouvait par hasard sans doute comme en 1848, et qui, le lendemain, se nommait encore lui-même, dans sa proclamation, « un vieux soldat de la république (?) » ; comment se fait-il, disons-nous, que M. Etienne Arago ait ouvert une souscription pour la fabrication de *quinze cents* canons ?

Il nous semble cependant que le maire de Paris devait savoir que le Gouvernement n'avait commandé que soixante batteries de six pièces, parce que l'industrie parisienne *n'en pouvait pas produire davantage.*

Il est certain que ce chiffre rond de quinze cents canons fait admirablement bien ; mais c'est un peu beaucoup que de demander à des gens qui paient déjà un œuf trente sous quelque chose comme huit millions de francs, sans compter que les deux cent cinquante batteries du « vieux soldat de la République » auraient coûté, avec leurs accessoires, la bagatelle de vingt-cinq millions.

Après cela, c'était peut-être pour faire peur aux Prussiens.....

* *

Le lendemain de l'affaire qui amena la prise du Bourget (28 Octobre) par les braves *Francs-tireurs de la Presse*, les gardes du troisième Escadron, détachés la veille au deuxième Secteur, et déjà relevés par leurs camarades du quatrième Escadron, furent envoyés en reconnaissance de ce côté. Après avoir passé la porte de Pantin, les Vertus et Aubervilliers, ils parvenaient au Bourget, qui était déjà en notre possession depuis la veille. C'est à peine s'ils y constatèrent la présence de quelques travaux de défense insignifiants. Cette impression, qu'ils consignèrent dans leur rapport, ne devait être, hélas! que trop justifiée, car, dès le lendemain, les Prussiens nous chassaient de nouveau d'un point très-important — on l'a vu par le bombardement de Saint-Denis — que les chefs avaient eu l'imprudence de ne pas chercher à conserver après l'avoir reconquis à si bon compte et cependant si glorieusement.

*
* *

La journée du 31 Octobre a été certainement l'une des plus marquantes pour le deuxième Escadron de la Légion de cavalerie, qui se trouvait de service. On peut dire que tous nos postes ont fait ce jour-là une corvée double, car la plupart des cavaliers ont aussi bien passé à cheval la nuit que la journée. Pour être juste, nous devons ajouter que beaucoup de nos camarades des autres escadrons, comprenant le danger de la situation, n'hésitèrent pas à apporter leur bon et utile concours aux postes du Louvre et de l'Etat-Major et dans tous les Secteurs. Grâce à cet appoint généreux, le service d'escorte des officier d'État-major, — il était indispensable cette nuit-là, — et le service des ordres ont été enlevés avec un entrain vraiment extraordinaire. Nous pouvons bien dire que dans cette grave circonstance notre concours a été fort remarqué.

A ce moment, la Légion de cavalerie fournissait encore trois cavaliers à l'Hôtel-de-Ville. Lorsque les factieux de la Commune eurent envahi à main armée les appartements, et qu'ils tinrent prisonniers, pendant plusieurs heures, les membres de la Défense nationale, nos trois gardes formaient à peu près seuls la force armée du siége du Gouvernement! Les voyant dans une position aussi critique, le commandant d'Auvergne, de la Mobile de l'Indre, qui occupait heureusement la caserne Napoléon, les fit prévenir de se replier en toute hâte. Lorsque nos amis furent sortis de l'Hôtel-de-Ville, il les chargea de se rendre individuellement et par des chemins différents, en évitant les foules, à l'État-Major de la place Vendôme, et de le prévenir de ce qui se passait. Il lui faisait sa-

voir, en même temps, qu'il était plus dangereux qu'utile d'amener des bataillons contre les envahisseurs, la possession du
souterrain allant de la caserne à l'Hôtel-de-Ville lui permettant de
pouvoir surprendre et rejeter les insurgés au dehors lorsqu'il juge-
rait le moment opportun.

C'est grâce probablement à cet avis important qu'une collision
sanglante entre gardes nationaux fut évitée, et l'on put donner
l'ordre aux Secteurs de ne pas dégarnir les défenses de l'enceinte à
l'heure où l'on pouvait craindre que les Allemands ne saisissent
l'occasion de profiter des troubles de la ville pour tenter une attaque en quelque sorte promise pour un moment semblable.

*
* *

Pendant le mois d'Octobre, une aventure des plus désagréables
se produisit à plusieurs reprises pour quelques-uns de nos camarades.

Envoyés en estafettes, une heure ou deux avant la fermeture des
ponts-levis, s'ils ne pouvaient rentrer en temps utile, ils n'obtenaient
pas l'entrée de Paris faute d'un ordre spécial dont la nécessité ne
semblait cependant pas opportune au moment de leur départ.

Une des premières victimes d'un accident de ce genre fut précisément notre camarade Goubie, qui a bien voulu nous représenter
la scène qui figure en tête de ce chapitre, scène dans laquelle il ne
jouait cependant qu'un rôle secondaire, car ce que son dessin ne
peut pas ajouter, c'est que sa jument, ayant réussi à tirer au re-
nard, mit un certain désordre dans les postes de Gardes mobiles
des environs. Des coups de feu furent même tirés, et l'alarme eût
pris des proportions plus sérieuses si la pauvre bête n'eût fini par
se laisser prendre.

Il ne fallut rien moins, le lendemain au jour, que les très-vives
réclamations du propriétaire de la bête pour retirer aux Mobiles
l'idée fixe qu'ils avaient capturé un cheval de uhlan et tué son
cavalier... qui se portait assez bien pour un homme qui avait passé
sa nuit à la belle étoile.

UNE MARCHE MILITAIRE

A LA

REDOUTE DU MOULIN-SAQUET

USTEMENT préoccupé de la tenue qu'auraient devant l'ennemi les bataillons de marche de la garde nationale nouvellement créés, on dût penser à leur donner l'assurance militaire qui ne se gagne que par l'habitude du danger. Il était important de les préparer aux efforts que comporte le service actif, de leur faire connaître la zône défensive qui entourait l'enceinte et de les familiariser avec les dispositions et les précautions que doit prendre, en vue de l'ennemi, une troupe en marche. Le Gouverneur de Paris, pour obtenir ces résultats, ordonna des promenades militaires.

Le plus grand nombre de ces marches, nous voulons bien le croire, ont été conduites avec prudence; mais il en fut une qui eut un caractère de gravité tout particulier. Comme un escadron de la Légion de cavalerie y a figuré comme acteur et comme l'aventure vaut la peine d'être donnée avec quelque développement, car elle forme assurément un des épisodes les plus intéressants de notre historique pendant le siége, nous la raconterons à notre tour comme nous l'avons entendue rapporter par le capitaine Durenne, qui avait eu le commandant des nôtres pendant cette journée.

L'amiral de Chaillé, commandant du neuvième Secteur, réclama, le 28, pour le 29 Octobre, une division de la Légion de cavalerie pour prendre part à la marche militaire qu'il avait ordonnée. Le 4ᵉ Escadron, qui était de service ce jour-là, dut fournir cette division qui devait être commandée par un capitaine et deux lieutenants. Des ordres spéciaux furent immédiatement envoyés aux gardes d'avoir à se munir d'armes en vue « *d'une promenade militaire* ».

Les 52 hommes spécialement commandés pour ce service étaient réunis au grand complet le 29, à 9 heures du matin, place Vendôme. Quelques gardes, interprétant mal l'ordre qu'ils avaient reçu, étaient arrivés en grande tenue. Nous n'avons pas besoin de dire que cette réapparition du schapska et de son plumet, des épaulettes et de la fourragère obtint un joyeux succès de rires. Sur l'avis qu'on allait procéder au remplacement de ces amoureux du clinquant, ces derniers tinrent à honneur de prendre part à la sortie et s'engagèrent à rejoindre en route le gros de la division dans la tenue de campagne.

A dix heures, le capitaine Durenne mettait sa troupe, divisée en deux pelotons, à la disposition de l'amiral de Chaillé, après l'avoir rangée, par un à gauche en bataille pour faire face au Secteur, avenue d'Italie.

Le premier peloton reçut l'ordre de se porter route d'Ivry, place de l'Eglise, pour y recevoir une consigne ultérieure, tandis que le second peloton devait attendre au Secteur. Bientôt on annonça par ordre supérieur que les hommes et les chevaux devraient avoir mangé à midi, heure à laquelle commencerait seulement la promenade. Cette nouvelle jeta la consternation dans tous les rangs. On comptait sur une promenade de quelques heures mais non sur une journée complète ; aussi personne n'avait fait de provisions. Chacun se mit donc en quête de fourrages pour les chevaux — l'avoine n'était pas encore introuvable ; — mais, pour les hommes, la chose se compliquait : il fallait une carte de boucherie pour avoir de la viande ! On fit d'abord contre fortune bon cœur, et pendant que certains gardes rapportaient du pain, d'autres surent toucher le Garde-civique, gardien des beefsteaks de la boucherie municipale voisine, et arrivèrent à réunir quelques morceaux que l'on ne tarda pas à faire griller et à arroser avec le crû de l'endroit.

A midi, le boute-selle sonnait et les cavaliers étaient aussitôt à cheval. Un jeune officier d'État-major vint transmettre l'ordre de former une avant-garde, et bientôt les bataillons vinrent défiler devant notre peloton, non sans *hurler* de nombreux Vive la République! moins sans doute pour donner un libre essor à leurs sentiments patriotiques que pour provoquer nos camarades, peut-être aussi bons républicains qu'eux. Pendant que les sections de l'infanterie se formaient, le peloton de cavalerie se portait à 500 mètres en avant. Puis le chef d'État-major du Secteur, escorté de ses officiers d'ordonnance, prit le commandement général.

L'ordre vint de passer le pont-levis, de marcher devant soi en silence jusqu'à la Maison-Blanche et de faire halte. Cette route, qui passe par Villejuif et conduit à Thiais, était fort belle. Le temps était splendide et tout présageait une heureuse promenade; aussi tous nos cavaliers faisaient-ils leurs débuts d'éclaireurs avec une joie non dissimulée. On laissa le fort de Bicêtre sur la droite et l'on arriva à la « Maison Blanche » où campait un bataillon de Gardes mobiles. Après quelques minutes de repos, la colonne reprit sa marche. Plus elle avançait et plus on trouvait un grand déploiement de forces en troupes de ligne et en mobiles. Bientôt on entendit le canon du fort de Bicêtre et de la Redoute des Hautes-Bruyères, et c'est au bruit de son fracas que l'on fit une nouvelle halte à l'entrée de Villejuif.

Avec le nouvel ordre de départ, nous ne devions plus nous arrêter qu'à la première grande barricade armée de canons. Nous nous engagions dans le malheureux village de Villejuif, abandonné par ses habitants et occupé par l'armée, dans lequel, pour la première fois, nous voyions les terribles traces des combats précédents. La route devenait plus pénible, coupée qu'elle était par de nombreux fossés.

Enfin, parvenus dans la plaine, nous ne rencontrions que des soldats, le chassepot à la main, se dissimulant de leur mieux derrière tous les abris naturels.

C'est là que le vrai danger commençait. Nous nous trouvions ainsi en vue de l'ennemi, à portée de ses canons et de ses avant-postes, et cependant nous devions avancer encore, car 400 mètres environ nous séparaient du but à atteindre. Nous reçûmes l'ordre, arrivés à la barricade, de nous faire ouvrir un chemin fermé sur la gauche et de nous y engager en nous dissimulant de notre mieux.

La position de cette barricade était admirablement choisie, et sa construction soignée montrait toute son importance stratégique. C'est à peine si l'on apercevait nos troupiers qui la défendaient, enfouis qu'ils étaient dans le fossé, prêts à repousser toute attaque ou à y répondre. Notre avant-garde les vit bientôt surgir pour lui refuser le passage et dut se replier. L'aide de camp du chef d'État-major alla exposer l'ordre de marche au chef d'escadron d'artillerie qui commandait la position. Ce dernier ne pouvait revenir qu'on eût ordonné de faire passer une troupe aussi nombreuse par un chemin aussi dangereux ; mais il devait obéir devant la consigne.

Le chemin qu'on venait de nous ouvrir conduisait à la Redoute du Moulin-Saquet. C'est un chemin vicinal de grande communication qui relie Villejuif à Vitry. Couvert de défenses volantes, il était d'un accès très-pénible, surtout pour la cavalerie. Désormais nous étions bien en plaine, aux extrêmes avancées et complétement à découvert. Nous parvînmes enfin à la Redoute, où la colonne vint faire halte en se rangeant en bataille, adossée au fossé. Nous nous trouvions ainsi en face et à une certaine distance du Réservoir de Thiais, composé d'une cuve en tôle montée sur un massif en maçonnerie, et servant de poste avancé et d'observatoire aux Allemands.

La Garde nationale reçut l'ordre de charger les armes, que l'on mit en faisceaux, et de faire halte.

A peine étions-nous descendus de cheval que l'on demandait de la Redoute quatre cavaliers bien montés pour faire une reconnaissance. Tous s'offrirent à l'envi. A quelques instants de là on demandait de nouveau quatre hommes qu'il fallut désigner nommément, chacun se présentant.

A partir de ce moment, le temps se gâta ; le brouillard commença à tomber, et les chemins que les cavaliers suivirent dans les terres labourées devinrent de plus en plus pénibles.

Le canon de la Redoute commença à tirer dans la direction de Choisy. C'est au milieu de ce spectacle que le général qui commandait les Hautes-Bruyères vint nous passer en revue, tout en manifestant son étonnement de notre arrivée au nombre d'environ

8,000 hommes, ce qui devait faire croire à l'ennemi qu'on allait l'attaquer, et pouvait avoir pour nous la conséquence de recevoir par avance quelques bordées de mitraille.

L'ennemi heureusement ménageait sa poudre.

En attendant la rentrée des cavaliers partis en reconnaissance du côté de Vitry et jusqu'aux avant-postes de Choisy-le-Roi, le général, entouré par les officiers, fit connaître une foule de détails intéressants qui aidèrent à oublier le mauvais temps.

Enfin, nous vîmes arriver le peloton qui avait été détaché, dès son arrivée au Secteur, à l'église d'Ivry. Il avait eu la mission d'escorter le général Vinoy et son État-major sur la route de Choisy-le-Roi. A peine étions-nous tous réunis que les clairons et les trompettes sonnaient le ralliement. L'infanterie reprenait ses armes, et nous remontions à cheval pour recevoir l'amiral de Chaillé qui arrivait en voiture. Malgré la pluie, il voulut passer à pied devant le front des troupes, s'arrêtant et causant avec tous les chefs de corps.

Lorsque l'amiral arriva devant le détachement de la Légion de cavalerie, il demanda à serrer la main à son chef. Il s'entretint assez longuement avec le capitaine Durenne, puis se retournant vers nos cavaliers, il leur dit :

« En serrant la main de votre capitaine, je suis heureux, Messieurs,
» d'avoir à féliciter la Garde nationale à cheval du courage et de
» l'abnégation qu'elle montre chaque jour, je le sais, et qu'elle a
» surtout montrés en venant ici. Je ne dois pas vous dissimuler
» que vous avez couru un véritable danger et que vous avez su l'af-
» fronter, non seulement sans hésitation, mais avec empressement.
» Je sais que lorsque la défense aura besoin de vous, nous n'au-
» rons qu'à vous appeler, assurés aussi que nous pourrons tou-
» jours compter sur vous. »

Il était cinq heures, le temps devenait de plus en plus mauvais. Nous n'en dûmes pas moins attendre la tombée de la nuit pour opérer notre retour sur Paris. En faisant retraite, la cavalerie fut chargée de soutenir le mouvement en arrière, contrairement à l'arrivée où elle avait servi à éclairer la route. A ce moment la pluie devint torrentielle et les chemins défoncés rendaient notre marche de plus en plus pénible. Enfin, après avoir regagné Villejuif et les remparts,

chacun pouvait rentrer chez soi et dire qu'il avait eu une rude
journée.

Cette promenade militaire, comme on vient de le voir par le récit
qui précède, n'a pas eu de conséquences sérieuses pour les sept ou
huit mille hommes qui la faisaient; mais il faut avouer que, dans
cette circonstance, les officiers qui avaient la direction supérieure
de ce mouvement nous paraissent avoir quelque peu outrepassé les
intentions du Gouverneur de Paris. On peut dire que les Allemands
ont été bons princes d'épargner ainsi de braves gens qu'on laissait
à leur discrétion sous le prétexte de « les familiariser avec les dispositions et les précautions que doit prendre une troupe en marche
en vue de l'ennemi. » Cette fois, en fait de précautions, la Garde
nationale n'a vu que celles dont s'entourait l'armée. Tandis qu'elle
voyait chaque troupier s'isoler et s'abriter derrière les défenses naturelles ou derrière les travaux du génie, elle dut rester exposée de
longues heures à l'artillerie, pacifique heureusement ce jour-là, de
nos ennemis.

Tout est bien qui finit bien, et quoique la journée du 29 Octobre
se soit passée sans laisser de cruels souvenirs dans nos rangs, cette
date n'en mérite pas moins d'être conservée ici, car elle est tout à
l'honneur du Corps. En effet, dans cette journée, qui s'est miracu-
leusement terminée sans accident, les gardes du 4e Escadron ont
montré que l'opinion de l'amiral de Chaillé n'avait rien de sur-
faite.

Par la suite, la Garde nationale à cheval ne fut plus guère appelée qu'individuellement aux marches des compagnies de guerre hors
de l'enceinte. Nous devons même ajouter que nous n'avons jamais
appris depuis qu'une autre promenade militaire ait été dirigée sur
une position aussi dangereuse.

Peut-être n'aurait-on pas été aussi heureux une autre fois.

La Légion de Cavalerie, se rendant à Saint-Maur, prend ses vivres
de campagne à Vincennes.

LE MOIS DE NOVEMBRE

La mauvaise saison arrivant à grands pas et la distribution du service s'étant faite assez souvent déjà Place Vendôme par des pluies torrentielles, le Colonel de la Légion de cavalerie se mit en quête d'un local couvert assez grand pour permettre la réunion de 150 cavaliers environ.

Ce local fut le manége de la rue Duphot, près de la Madeleine.

Il ne faudrait cependant pas croire que cette mesure fut prise dans le but d'éviter à nos gardes quelques ondées qu'on ne saurait leur épargner plus tard dans leur service. C'eût été alors une véritable chatterie à laquelle nous n'aurions pas eu l'intention de prétendre sans les circonstances particulières qui accompagnaient nos prises d'armes.

Nos réunions ne pouvaient se faire, comme celles des bataillons à pied, en quelques minutes, c'est-à-dire juste le temps nécessaire de l'appel pour partir aux remparts où se faisait dans les baraquements la répartition du service. En outre, les bataillons n'étaient de garde que tous les huit, dix, douze et même quinze jours, et se réunissaient en quelque sorte à leur porte.

Chez nous, chaque escadron était de garde tous les quatre jours, et la distribution des postes se faisant dans un même endroit pour les gardes venant de tous les quartiers exigeait un certain laps de temps, en raison de la préparation sur place des ordres de service pour tous les Secteurs. Il y avait donc là des écritures à faire qu'il était assez difficile de tenir par certaines averses dont nous gardons encore le souvenir. Ensuite, une partie de nos cavaliers devant attendre les ordres du général commandant, ou même passer la journée tout entière, sans autre poste spécial, pour se tenir prêts à toutes les éventualités du service des dépêches de l'État-major général, on ne pouvait humainement laisser hommes et chevaux se morfondre sur la place publique de 9 heures et demie du matin à 6 heures du soir.

Voilà pourquoi la Garde nationale à cheval, suivant l'expression de quelques personnes qui ne se rendaient pas compte de notre situation particulière, avait *la chance* de se réunir dans un lieu couvert.

Voici l'ordre du jour qui réglait le service du mois de Novembre :

Paris, 1ᵉʳ Novembre.

A partir du 1ᵉʳ Novembre, le service ordinaire de la Légion de Cavalerie sera réglé ainsi qu'il suit :

Chaque jour, et à tour de rôle, un Escadron tout entier se réunira à neuf heures et demie du matin (heure militaire) au manége Duphot.

Les postes ordinaires du Gouverneur de Paris, de l'État-Major général, de l'Hôtel-de-Ville et des divers Secteurs seront formés par le Maréchal-des-logis-Chef, et le reste de l'Escadron sera de piquet jusqu'à onze heures du matin pour prendre ensuite le service imprévu du jour, ou, à défaut de service retenant tout le monde, ira à la manœuvre sous la direction d'un Capitaine adjudant-major. Tous les officiers, sous-officiers, brigadiers et gardes devront être en petite tenue de service avec le képi et la giberne, les chevaux paquetés selon l'ordonnance, et tout le monde devra être prêt à prendre immédiatement tout service commandé.

Indépendamment de ce service régulier de tous les quatre jours, les escadrons devront encore, dans l'intervalle de leurs jours de garde, se tenir prêts pour le cas où ils seraient commandés pour prendre part, comme éclaireurs, aux marches militaires en dehors des remparts, ordonnées par MM. les Commandants des Secteurs.

La même tenue sera prise pour tous les services.

Le Colonel rappelle à MM. les Officiers que pour le service ils doivent toujours avoir leurs épaulettes.

Le Colonel de la Légion de Cavalerie,

E. QUICLET.

Cet ordre du jour, dans lequel il était question des marches militaires, avait été devancé par la promenade au Moulin-Saquet dont nous avons déjà parlé dans le chapitre précédent, et était la conséquence de l'ordre numéro 476 du Général commandant en chef les Gardes nationales. En voici les termes :

MM. les Commandants des Secteurs sont invités à s'entendre avec M. le Colonel Quiclet, commandant la Légion de Cavalerie de la Garde nationale, toutes les fois qu'ils auront à organiser des marches militaires auxquelles un détachement de cavalerie pourrait prendre part efficacement.

M. le Colonel Quiclet, qui reçoit des ordres à ce sujet, peut fournir jusqu'à un escadron par jour ; mais comme son service n'est pas réglé par Secteur, il est indispensable qu'il soit prévenu la veille au matin afin de commander le détachement.

Le Commandant supérieur,

TAMISIER.

*
* *

Avec la création de tous ces services, il nous faut chaque jour au moins 10 brigadiers ; or nous n'en avons encore réglementairement que 12 par escadron. Pour peu qu'il y ait un malade ou deux, ou qu'il y en ait de retenus chez eux pour quelque service municipal de boucherie, de boulangerie ou de chantier, il nous manque des brigadiers. C'est pour remédier à cet inconvénient qu'un ordre du Colonel porta à seize le nombre de nos brigadiers, comme le prescrivait d'ailleurs le règlement d'organisation sur le pied de guerre.

Ces élections supplémentaires eurent lieu dans les premiers jours de Novembre.

*
* *

Le 2 Novembre, le général Clément Thomas, commandant du troisième Secteur (La Villette), était remplacé à ce poste et nommé commandant en second de la Garde nationale. Deux jours après, il remplaçait définitivement le général Tamisier comme commandant supérieur des Gardes nationales.

La raison de ces changements était assez facile à expliquer. Après le 31 Octobre, il fallait absolument mettre à la tête de la deuxième armée, c'est-à-dire celle que formait la Garde nationale, un homme de grande énergie. Il fallait aussi un organisateur pour l'application sérieuse de la mobilisation projetée d'une partie de cette même garde.

A 22 ans de distance, le général Clément Thomas venait ainsi reprendre son poste place Vendôme.

Nous ne devons pas cacher que l'arrivée du général Clément Thomas au commandement supérieur ne fut pas accueillie avec une grande joie par la Légion de cavalerie. En 1848 il avait montré si peu de sympathies à notre Corps que notre premier cri fut celui-ci :

— La Légion va être licenciée !

Une circonstance heureuse rompit de suite la glace.

A la suite des événements du 31 Octobre, qui avaient jeté l'indignation dans tous les bons esprits, la Légion de cavalerie fit exprimer au général Trochu le désir d'être passée en revue par lui, cette cérémonie devant être une excellente occasion pour nous de lui manifester toute notre confiance, et de lui faire savoir que nous étions prêts à remplir toutes les missions qu'il voudrait bien nous confier.

Depuis un ou deux jours il était donc question que le général Trochu devait passer en revue la Légion de cavalerie, lorsque ses occupations de Gouverneur de Paris lui permirent enfin, le 4 Novembre, à 10 heures du matin, de faire savoir au Colonel qu'il nous passerait en revue *le même jour* à 2 heures. Les Maréchaux-des-logis-Chefs n'avaient plus que quelques heures pour convoquer officiers et gardes. Malgré cette convocation précipitée, à l'heure dite 500 de nos cavaliers étaient réunis place Vendôme. C'était la meilleure preuve qu'il serait toujours possible de réunir la Légion en quelques heures chaque fois qu'il serait nécessaire, et cela malgré de très-grandes difficultés matérielles.

A 2 heures, la Légion était rangée rue de Rivoli, en face du quartier-général du Gouverneur de Paris.

Le conseil du Gouvernement s'y trouvait réuni, discutant les bases de l'armistice qui ne devait pas aboutir le surlendemain, la Prusse refusant le ravitaillement. Il ne prit fin qu'à 4 heures. Nous passâmes ainsi deux heures, formant l'objet de la curiosité de la foule qui nous entourait et nous demandant — comme si nous ou elle tombions de la lune — à quel Corps nous appartenions !

Le Général fut accueilli par les sonneries de notre fanfare et salué des cris de : Vive le général Trochu ! partis aussi bien de nos rangs que de ceux de la foule, pendant qu'il passa devant nos lignes. Cette contre-manifestation parut faire la meilleure impression sur le Général. Il remercia vivement le Colonel de notre attitude, qui prenait d'ailleurs une certaine importance par la proclamation du vote du plébiciste de la veille, car il avait apporté au Gouvernement une majorité de 331,373 *oui* pour son maintien, contre 53,585 *non*.

La population de Paris s'était donc comptée, et l'on savait désormais que le parti du désordre n'aurait plus le dessus.

Pendant que nous attendions le général Trochu, le Colonel avait eu l'heureuse inspiration de faire prendre les ordres du général Clément Thomas — qui venait être nommé, le jour même, commandant supérieur — pour lui présenter la Légion qui se trouvait réunie. L'offre de notre Colonel ayant été acceptée de suite, la Légion se porta de nouveau sur la place Vendôme. Quelques instants après, le Général passait à cheval devant nos rangs ; puis s'étant porté devant le Ministère de la justice, face à la colonne de la Grande-Armée, un premier défilé eut lieu au pas, chaque escadron divisé en quatre sections sur deux files.

— Vos cavaliers ont une excellente tenue, Colonel. Je sais qu'on se loue fort de leur service ; mais ces messieurs, ajouta-t-il avec malice, viennent de défiler devant moi comme des enfants pourraient aussi bien le faire.

— Qu'à cela ne tienne, Général, je puis vous donner la preuve que ma Légion est composée d'habiles cavaliers, répartit vivement notre Colonel.

— Non, Colonel, non, je serais désolé qu'il pût y avoir quelque accident ; d'ailleurs la place Vendôme a un pavé fort dangereux pour les cavaliers.....

Le Général n'avait pas terminé sa phrase que le Colonel, ayant fait bondir son cheval, jetait aux escadrons le commandement de :

— Au trot !

Le mouvement fut accentué avec la régularité de vieilles troupes, et, quelques minutes après, le général Clément Thomas faisait amende honorable : il avait la preuve de la bonne instruction de notre Corps et de la solidité de nos cavaliers, car un défilé au trot sur une petite place carrée, à petits pavés, est certainement un des mouvements les plus difficiles à bien exécuter.

A partir de ce jour, la glace était rompue entre le Général et la Légion ; aussi ne manqua-t-il pas de commander une section entière d'un de nos escadrons, chaque fois qu'il allait passer en revue les nouveaux bataillons mobilisés. Comme il était excellent cavalier, il savait maintenant qu'avec nous il aurait une escorte qui lui ferait honneur.

Voilà comment deux mots bien placés fondent une réputation, — surtout quand elle n'est pas usurpée.

*
* *

Le lundi 28 Novembre, à la prise du service de neuf heures et demie, deux sections, soit une cinquantaine de cavaliers, étaient commandées pour se rendre de suite au fort de Vincennes afin d'y recevoir des ordres ultérieurs.

Qu'allait-on y faire ?

Pour combien de temps y allait-on ?

Autant de questions, autant de solutions impossibles à donner pour le moment.

Une heure après, le temps de mettre dans ses sacoches quelques menus vivres, et la colonne partait pour Vincennes.

Arrivée au Fort, elle sut qu'elle allait être dirigée sur la Redoute de Saint-Maur, et, en attendant, on lui distribuait ses vivres de campagne : pain de munition, viande de cheval, riz, vin, sucre, café, jusqu'à du sel, et pour les chevaux de l'avoine et du foin.

Deux gardes ravitaillent une batterie au-delà de la Marne.

LA BATAILLE DE CHAMPIGNY

 OUTE la Légion de cavalerie fut vivement inté-
ressée par le départ inopiné, dans la matinée
du 28 Novembre, d'une partie du 2ᵉ Escadron pour Vincennes.

Les portes de Paris étaient restées closes
déjà la veille, on devait s'attendre à quelque
opération militaire et cela d'autant plus, qu'on
avait pu remarquer, depuis quelques jours, un mouvement de
troupes assez accusé dans toute la direction de l'Est.

Dans la journée, on apprit que le général Trochu avait transporté
son quartier-général au Fort de Vincennes. L'opinion fut donc chez
nous que le détachement fourni par la Légion de cavalerie aurait
pour mission de relier le quartier-général nouveau soit avec le Louvre, soit même avec le point où aurait lieu la *sortie* tant espérée.

On ne sut véritablement à quoi s'en tenir que le lendemain matin à la prise du service. On y apprit d'abord que le troisième escadron allait remplacer le deuxième, et que, chaque jour, un escadron nouveau irait relever celui qui aurait fait le service la veille. On apprit enfin que le Fort de Vincennes n'était pour nous qu'une étape et que notre véritable destination était Saint-Maur. En effet, la veille, nos camarades ne s'étaient arrêtés à Vincennes que pour prendre les vivres de campagne et les fourrages nécessaires pour 24 heures.

Comme, pour cette première fois, bien peu de Gardes avaient ce qu'il leur fallait pour pouvoir emporter les vivres qu'on leur donnait, on ne put faire la répartition qu'à Saint-Maur.

Rien n'était pittoresque comme cette petite scène du chargement des vivres destinés à l'escadron de service. Le plus clair était bien que les chevaux auraient de quoi manger suffisamment; on n'aurait pour cela qu'à ouvrir les sacs d'avoine et à desserrer quelques bottes de fourrage : leurs repas étaient tout cuits. Mais le problème était plus complexe pour la nourriture des cavaliers. Le pain de munition était un excellent prélude à l'avoine que nous devions manger plus tard; mais au moins il était prêt à être mis sous la dent. Que faire, par exemple, de la viande de cheval toute pantelante, du riz, des haricots et même du café *en grains,* dont on nous gratifiait si généreusement, sachant qu'il n'y avait que bien peu de ressources à Saint-Maur? On nous donnait bien du bois pour faire cuire le tout; mais notre batterie de cuisine était absente. Ces réflexions auraient laissé rêveurs d'autres gens moins précautionnés que nos Gardes. On aurait dit que tous avaient prévu le cas, et lorsque l'heure de l'appétit était arrivée, chacun tirait de son propre bissac certaines réserves qui permettaient de se passer de la fameuse *marmitte autoclave.* Cette précaution avait d'autant plus d'utilité que les gardes qui restèrent à Saint-Maur purent seuls profiter des vivres de campagne, pendant que ceux qui étaient détachés au loin seraient bien morts de faim s'ils n'avaient eu des provisions personnelles.

Maintenant que nous savons que nos Camarades sont à Saint-Maur, revenons à Paris dans la matinée du 29.

Tout-à-coup les murailles de Paris se couvrirent d'affiches gouvernementales. Tout le monde voulait parler au peuple à la fois :
le Gouvernement de la Défense nationale, le général Trochu, même
le général Ducrot.

L'attention se porta surtout sur la proclamation à l'armée de ce
dernier. Elle était précise et frappée au coin d'une grande crânerie
militaire. Les larmes venaient aux yeux en la lisant, et le cœur était
profondément *empoigné* par l'espoir, enfin sérieusement donné,
d'une réussite probable, tant les précautions semblaient habilement
prises.

Le moment est enfin venu, disait le général Ducrot, de rompre le
cercle de fer dont nous sommes entourés. Les débuts seront difficiles, ajoutait-il ; il y aura un vigoureux effort à faire, mais il n'est
pas au-dessus de nos forces. Il nous présentait ensuite 150,000
hommes bien armés, bien équipés, abondamment pourvus de munitions et accompagnés de plus de 400 canons, dont les deux tiers
au moins du plus gros calibre!

Ses dernières lignes étaient celles-ci :

« *Pour moi, je ne rentrerai dans Paris que mort ou victorieux ;*
» *vous pourrez me voir tomber, vous ne me verrez jamais reculer.*
» *Alors, ne vous arrêtez pas ; mais vengez-moi !* »

Tous nous avons été électrisés à la lecture de ces lignes qui nous
semblaient écrites avec une conviction profonde du succès, et, nous
ajouterons, avec l'autorité justement acquise par le général Ducrot,
depuis que, ne voulant pas accepter la honte de Sedan, il s'était
sauvé pour défendre Paris.

Paris eut véritablement la fièvre ce jour-là lorsque les premiers
éclats du canon se firent entendre comme pour souligner chaque
ligne des proclamations dont on inondait nos murailles. Le général
Trochu était Dieu et le général Ducrot son prophète. Enfin, le
fameux et déjà légendaire *plan* était donc mis à exécution !...

Une chose surprit bientôt. On savait le général Trochu à Vincennes, par conséquent on s'attendait à voir l'attaque se produire
de ce côté. Le bruit du canon venait du Sud, de la Gare-aux-Bœufs,
de l'Hay, des Hautes-Bruyères. Rien à l'Est! Quel était ce mystère?
Hélas! un premier échec en était la cause et avait été amené par

une crue subite de la Marne, empêchant la jetée d'un pont de bateaux qui devait livrer passage à nos troupes. La diversion du Sud,
conduite avec beaucoup d'habileté par le général Vinoy, avait
complétement réussi; mais elle n'avait plus sa raison d'être dès
que l'ensemble de l'opération ne pouvait être réalisé.

Malgré le retard apporté dans le passage de la Marne, le général
Ducrot ne perdit pas courage, et, le 30, il lançait ses troupes avec
un entrain admirable de l'autre côté de la rivière, enlevant pied à
pied les coteaux rapides qui marquent si pittoresquement son cours.
Le soir, il couchait sur l'extrême hauteur, sur le plateau de Villiers.
L'ennemi, prévenu cependant par la journée du 29, qui lui avait
laissé le temps de se préparer au combat, était en fuite et nous
donnait pour la première fois l'occasion d'enterrer ses morts.

Le 3e Escadron prit part à la première journée de Champigny.

Pendant ces trois journées des 28, 29 et 30 Novembre, le rôle de
nos camarades à Saint-Maur n'avait pas été sans importance.
Divisés par petits groupes de quelques cavaliers seulement, ils
avaient été envoyés dans toutes les directions qui devaient être par-
courues par les troupes. Ce sont eux qui jalonnaient les chemins en
indiquant les routes à suivre, et qui étaient chargés de conduire des
batteries d'artillerie dans les positions que le général Favé — qui
occupait la redoute de Saint-Maur et dirigeait l'artillerie — leur
destinait. Plusieurs d'entre eux furent même chargés par le Général de pousser quelques reconnaissances destinées à éclairer la
marche de l'armée.

La Légion, cette fois, était donc appelée à un rôle vraiment militaire, et entrait par ce fait dans sa troisième *manière*, pour nous
servir d'une expression artistique.

La journée du 1er Décembre fut calme. On rendait les derniers
devoirs aux nombreux combattants qui avaient payé de leur vie la
mémorable journée du 30 Novembre. Nos cavaliers eurent cependant plus de besogne que jamais; ils eurent surtout pour mission
de diriger les convois qui portaient à nos troupes vivres et munitions, car il s'agissait de poursuivre des débuts aussi brillants, et
de pouvoir résister au choc que ne pouvait tarder à donner l'armée ennemie, refoulée mais non vaincue.

Ces prévisions n'étaient que trop justifiées. Dès le 2 Décembre, à 8 heures du matin, les Allemands se précipitaient avec une furie incroyable sur nos avant-postes, précédés d'une artillerie formidable qu'ils avaient amassée bien près de nous, à la faveur de la nuit et du brouillard. L'attaque avait été si soudaine, que bientôt la déroute se mit dans les rangs de nos jeunes troupes; mais, de tous côtés, nos gardes ayant reçu l'ordre de faire tourner les ponts de bateaux, l'armée dut forcément se rallier aux bords de la Marne, où elle était un peu plus à l'abri de l'artillerie ennemie. Elle s'é-lança de nouveau; son élan devint tel et l'acharnement fut si grand, qu'elle remportait, après sept heures de lutte, la plus belle victoire qui ait été livrée sous Paris.

Dans cette seule journée l'ennemi avait perdu 15,000 hommes, c'est-à-dire plus qu'il n'en était tombé de son côté à Gravelotte, qui avait déjà été une bataille de géants!

Une fois l'armée lancée en avant, le général Favé, qui commandait toujours l'artillerie du haut de la Redoute de Saint-Maur — où les obus avaient plu abondamment dans la matinée, tant le canon prussien s'en était rapproché — utilisa de nouveau plusieurs de nos gardes et même de nos officiers pour porter des ordres aux batteries de campagne qui avaient si puissamment aidé nos troupes à repousser l'ennemi. Tous nos camarades se souviennent entre autres de la mission confiée à l'un de nos capitaine lorsque, escorté de trois gardes de son escadron, il alla porter, au plus fort du combat, un ordre important à l'une des batteries les plus exposées et par cela même aussi des plus dangereuses pour les Allemands.

Dans la Légion chacun fit son devoir, et si quelques-uns d'entre nous eurent le bonheur de remplir des missions plus remarquées que d'autres, c'est que le sort leur fut plus favorable. Tous certainement les eussent accomplies avec le même sangfroid et le même courage. Ce qu'il y a de certain, c'est que dans cette mémorable journée du 2 Décembre, dans laquelle ont figuré des détachements des 1er et 2e Escadrons, nombre de nos camarades ont couru des dangers très-sérieux. Si personne ne fut blessé, quelques-uns de nos chevaux reçurent au moins quelques éclaboussures du combat.

La gravure qui est en tête de ce chapitre représente un des épisodes de ce combat, dans lequel la Légion figura avec tant d'honneur. Nous reviendrons plus loin sur le fait qu'elle représente, et qui valut à ses acteurs des récompenses justement méritées.

Lorsque le soir, entre quatre et cinq heures, le détachement du 2ᵉ Escadron, relevé depuis midi par le 1ᵉʳ, fit sa rentrée à Paris, la foule laissait à peine avancer les chevaux, tant elle voulait avoir de détails sur la journée auprès de ceux qui revenaient les premiers du théâtre de la lutte. Dans cette circonstance, la Garde nationale à cheval eut remporté la victoire à elle seule qu'elle n'eût pas été saluée de plus de vivats, et cette ovation se continua sur tout le parcours des boulevards que nos camarades avaient à suivre pour se rendre au Nouvel-Opéra, où devait se faire la séparation.

Nous pouvions d'autant plus donner de bonnes nouvelles, que le succès nous semblait désormais assuré par ce que nous avions vu sur le lieu de la lutte même. D'ailleurs, en rentrant par le Bois de Vincennes, nous avions constaté la présence sous les armes de 30 bataillons de Gardes nationales de marche sous les ordres du général Clément Thomas. C'était là une réserve qui devait, à nos yeux, devoir répondre à toute éventualité.

Que n'a-t-on utilisé leur concours dans ce moment d'enthousiasme? Tout le monde, à cette heure, eût marché comme un seul homme !

Nous avions été vainqueurs, c'était évident, et cependant, dès le lendemain, l'armée victorieuse venait remplacer dans le Bois de Vincennes les Gardes nationaux dont on avait fait fi, et que l'on avait renvoyés chez eux !....

De même que la Légion de cavalerie de la Garde nationale avait servi de guide à l'armée pour le passage de la Marne, de même elle a joué ce rôle pour le retour. Elle continua même à fournir quelques jours encore un détachement jusqu'à l'évacuation complète de la Redoute de Saint-Maur, qui était son quartier-général. Son service extraordinaire dura ainsi huit jours entiers.

Nos camarades ont vu bien des choses en se frottant plus intimement à l'armée pendant ces huit jours. Tous se sont accordés à reconnaître que si le courage du soldat français n'a de limite que la mort, la prudence des chefs a laissé bien des fois à désirer.

Un seul exemple :

Nous avions été vainqueurs le 2 Décembre, et l'armée ennemie avait été rejetée très-loin. Eh bien ! c'est chose historique, croirait-on que pendant la nuit du 3 l'armée allemande put faire un retour offensif *jusque sous le feu de la Redoute de Saint-Maur !* Nos avant-postes, comme toujours, avaient été surpris et rejetés un instant près de la Redoute. Décidément, les soldats français ont trop pris l'habitude de dormir sur leurs anciens lauriers.

Les détachements fournis chaque jour par la Légion de cavalerie pour faire le service de Saint-Maur se sont toujours composés de volontaires. Nous n'avions que l'embarras du choix, *tout le monde étant volontaire*, jeunes et vieux gardes ! Chacun était si désireux de faire ce service qu'on se faisait toujours inscrire à l'avance chez son Maréchal-des-logis-Chef. C'était à qui arriverait le plus tôt, au point que dans ces huit jours certains gardes ont trouvé le moyen d'y être envoyés trois fois.

Ceci nous amène à répondre à quelques observations faites sur le ton aigre-doux dont se servaient plusieurs journaux chaque fois qu'ils parlaient de la Légion de cavalerie. Ce fut pour eux un *dada* que de réclamer la formation dans notre Corps d'un escadron de marche sur le type des compagnies de marche de la garde à pied.

Il n'y avait pas, en effet, à proprement parler, d'escadron de marche dans notre Légion ; mais chaque escadron avait son peloton composé de volontaires et de jeunes gens sous le coup de la loi spéciale. C'était ce peloton qui, en principe, devait fournir les cavaliers destinés à sortir de Paris. La pratique n'en put rien tirer, tout le monde voulant faire le même service. Voilà ce qu'avait produit la bonne harmonie qui régnait dans la Légion.

Certains journaux rendirent d'ailleurs à l'époque complète justice à la Légion. Ainsi, voici ce que disait le journal l'*Électeur libre*, dans son numéro du 12 Décembre :

On nous demande pourquoi il ne serait pas formé, dans la Garde nationale à cheval, un escadron de marche, de même que nous avons des compagnies de guerre dans les bataillons à pied.

Nous croyons pouvoir répondre que nos Gardes nationaux à cheval font presque tous un véritable service de guerre, et qu'ils se sont spécialement distingués, depuis le com-

mencement du siége, par la fermeté de leur attitude et leur infatigable activité. La défense de Paris a trouvé en eux de très-utiles et très-dévoués auxiliaires.

De son côté, le *Figaro* écrivait ce qui suit le 10 Décembre :

La Garde nationale à cheval, commandée par le colonel Quiclet, a été appelée la semaine dernière à un service très-actif.

Chaque jour des escadrons ont été détachés aux avant-postes, et chargés de trans-
mettre des ordres et des dépêches entre les diverses batteries installées sur tous les points
de la ligne d'attaque.

Dans ce nouvel emploi, la Garde nationale à cheval a déployé beaucoup de zèle et
d'activité, et bien qu'elle ait été souvent exposée, elle a eu l'heureuse chance de ne
compter que quelques chevaux blessés.

La bataille de Champigny, à jamais glorieuse pour les défenseurs
de Paris, a nécessairement causé des pertes bien sensibles dans les
rangs de nos propres troupes. Une des plus sensibles pour le monde
parisien a certainement été celle du commandant des *Éclaireurs
à cheval*, Léon Franchetti. Beaucoup de nos camarades ignorent
sans doute que le commandant Franchetti avait fait partie de la
Légion de cavalerie de la Garde nationale de 1866 à 1870. Il en
avait même été le porte-étendard pendant quelque temps.

Nous oublions volontiers l'allocution du jeune et regretté commandant aux hommes qu'il avait réunis pour former le noyau du
corps-franc qu'il voulait fonder. A la bataille de Champigny, il eut
la cuisse fracassée par un éclat d'obus, alors qu'il remplissait isolément une mission identique à celle de beaucoup de nos officiers et
de nos gardes : il allait chercher des munitions. Il a donc pu ren-
contrer les nôtres sur le champ de bataille et voir que la Garde nationale à cheval saurait sortir de Paris lorsque cela serait utile.

Ramené dans un état à peu près désespéré à l'ambulance du
Grand-Hôtel, le brave commandant en ressortait mort le 7 Décembre, entouré de ses *Éclaireurs* et d'un escadron commandé de
Garde nationale à cheval, auquel s'étaient joints beaucoup d'officiers
et de gardes des autres escadrons, et d'un concours énorme de
monde. Notre Colonel tenait un des cordons du poële.

QUATRE MOIS

DE

CAPTIVITÉ CHEZ LES PRUSSIENS

ÉCIDÉMENT nos brigadiers n'ont pas de bonheur, et le premier Secteur ne leur porte pas chance !

Nous avons déjà vu que, le 6 Octobre, un brigadier du 1er Escadron, notre camarade Henri Vieillard, avait été frappé d'une balle au bras et avait eu son cheval tué sous lui.

Deux mois ne se sont pas même écoulés, et voilà que, le 5 Décembre, un brigadier du 2e Escadron tombe entre les mains de nos ennemis dans un concours de circonstances véritablement fatales.

Joseph Lalanne échappe, il est vrai, à la mort ; mais il est entraîné jusques au fin fond de la Baltique, où il voit sa captivité durer de longs mois d'hiver. Il n'a pas accompli d'action d'éclat, il n'a rempli que son devoir ; il n'a donc droit qu'à l'estime de ses chefs, de ses camarades et de ses concitoyens. Pourquoi faut-il que quelques voix — isolées il est vrai — se soient élevées pour mêler au concert de nos regrets quelques notes cruelles de calomnie? C'est bien le cas de dire : Malheur aux vaincus !

C'est un fait douloureux qu'il importe de relever avec énergie.

Pendant que les journaux d'informations faisaient connaître à Paris cerné la disparition de notre brave camarade, une feuille, qui prenait de temps à autre la Légion de cavalerie comme tête de turc, insultait au malheur de Lalanne, en publiant que ce dernier, fait prisonnier, menait douce vie à Versailles, où il donnait, à gros bénéfices, des leçons d'équitation à l'état-major prussien.

Naturellement cette nouvelle..... « venue de Versailles » fit le tour de la presse, et Paris sut bientôt qu'un garde national à cheval sympathisait avec les gros bonnets ennemis.....

D'autres personnes attribuèrent la capture de Lalanne à son imprudence. Suivant elles, il se serait détourné de son droit chemin pour aller voir l'état d'une propriété qu'il avait à Champigny ou dans les environs. Or cette propriété est pour Lalanne un vrai château... en Espagne.

Nous pensons qu'il est digne et juste de laisser à chacun la charge de ses fautes. Or, s'il y a eu des fautes de commises, elles ne l'ont pas été par notre camarade. Voilà ce qu'il ne nous sera pas bien difficile de prouver en faisant le récit de l'incident qui l'a conduit en Prusse alors qu'il allait porter une dépêche du général de Barollet, commandant du premier Secteur, au général Faron, à Champigny, qu'il avait quitté, depuis la veille, en repliant son quartier-général sur Saint-Maurice !

*   *
*

Lalanne est connu du tout Paris hippique. Il est né cavalier. Il doit savoir monter à cheval depuis plus de trente ans — et il n'en a que trente-huit. C'était peut-être cependant celui qui, de tout le 2ᵉ Escadron, montait avec le plus de simplicité. Son excellente tenue, son zèle au service l'avaient fait distinguer par tous, et tous l'avaient élu brigadier, car il voulut se contenter de ce modeste grade.

Pendant le siége, Lalanne menait de front son service de garde à

cheval et ses leçons d'équitation à son manége, où, entre parenthèses, nous l'avons vu suivre, en élève très-docile, les leçons
de formations et de manœuvres militaires qu'y venaient prendre
nombre de gardes sous la direction d'un instructeur de l'armée.

Avant sa capture, il s'était déjà fait remarquer en plusieurs cir-
contances, notamment dans une observation qu'il fut chargé de
faire, à la tête de quelques-uns des nôtres, au pont de Créteil, quelques jours avant la bataille de Champigny. Il se fit également
remarquer à cette même bataille de Champigny, où il escorta, avec
deux autres de nos camarades, un de nos officiers chargé, au milieu de l'action, d'un ordre important du général Favé pour une
batterie en plaine.

C'est à trois jours de cette mémorable bataille, le 5 Décembre,
que Lalanne reçut l'ordre de prendre, avec deux de ses élèves et
amis, le service du 1er Secteur, où ils arrivaient vers les 10 heures.

Ici, nous devons céder la parole à Lalanne, qui nous a fait le récit
suivant à son retour à Paris.

Après nous avoir vivement intéressé, il sera sans doute vivement
goûté aussi par tous nos camarades.

*
* *

A peine avions-nous mis pied à terre au 1er Secteur, que le lieutenant-major me
remettait une dépêche à faire parvenir de suite au général Faron, à Champigny. Un
des gardes qui m'accompagnaient voulut la porter. Mes relations agréables et déjà
anciennes avec le général Faron, qui avait commandé le Secteur, m'engagèrent à me
charger de cette dépêche, qui devait me procurer le plaisir de saluer mon ancien chef et
de le féliciter de son élévation récente au grade de général de division. Je connaissais
d'ailleurs parfaitement la route, et mon cheval — une bête puissante et chaude — ne
demandait qu'à galoper. Je dois vous avouer naïvement que je ne soupçonnais même
pas qu'il pût y avoir aucun danger....

J'eus bientôt franchi la porte de Vincennes, le Fort, la Porte-Jaune et le passage à
niveau du chemin de fer à Joinville-le-Pont. Le village était solitaire. Je le traversai
pour gagner le pont de bateaux qui remplaçait le pont de pierre détruit par la mine.
Là, je fus arrêté par un garde mobile posé en sentinelle, qui appela le sergent chargé de
me reconnaître. Ce dernier s'informa où j'allais, et, sur la vue de ma dépêche, me fit
ouvrir le passage du pont, et cela *sans la moindre hésitation*. En traversant la plaine de
Saint-Maur, je ne vis que quelques maraudeurs de toutes armes en quête de pommes de
terre. J'arrivai à Champigny, me frayant un passage au milieu des défenses de toute
nature, et je dus même tourner quelques barricades infranchissables pour ma monture.
Toutes étaient jonchées de débris d'armes et de fourniments, et elles étaient aussi aban-

données que toutes les maisons éventrées par les terribles combats des jours précédents.

J'allais sortir du village pour gagner la hauteur où je devais trouver le quartier du général Faron, lorsque, au moment de franchir une dernière barricade, je vis surgir une douzaine de soldats que je pris pour des artilleurs dans une tenue de campagne fantaisiste, coiffés de bérets qu'ils auraient récoltés sur le champ de bataille des derniers jours.

Mon erreur ne fut pas de longue durée, car je n'avais pas encore eu le temps de me reconnaître que j'étais déjà entouré et mis à pied. Conduit aussitôt devant l'officier qui commandait le détachement, ce dernier, en apprenant avec quelle assurance j'étais arrivé à la barricade, me demanda, en fort mauvais français, si je ne désertais pas !

Ce mot de déserter, synonyme de déshonneur, me fit bondir ; je m'en indignai et je déclarai — il était impossible de cacher la vérité — que je cherchais le général Faron pour lequel j'étais porteur d'une dépêche. D'ailleurs, le pli était enfermé dans une sacoche que je portais en sautoir, et il m'eût été bien impossible de la faire disparaître.

Je ne puis vous dépeindre le serrement de cœur que je ressentis lorsque cette malheureuse sacoche passa de mon épaule aux mains de mon interlocuteur. Quelle conséquence pouvait avoir pour nos armes la connaissance de son contenu par l'armée ennemie ?....

C'est sous l'impression de cette inquiétude que je fus conduit, désarmé, chez le général bavarois Ketler. Le général venait justement au-devant de moi, car on l'avait déjà informé de ma capture, et c'est en souriant sous sa moustache grise qu'il m'aborda et me dit en français des plus corrects :

— Oh Monsieur ! le service de renseignements est bien mal fait chez vous. Ne saviez-vous donc pas que nous occupions Champigny depuis deux jours ?

— Vous pensez bien, général, que si j'en avais été averti, je ne serais pas ici réduit à vous remettre une dépêche destinée à un général français !

— C'est juste.... A quel corps appartenez-vous donc ? Comment vous nommez-vous ?

— J'appartiens au 2e Escadron de la Garde nationale à cheval de Paris et je me nomme Joseph Voisin, dit Lalanne.

Il m'emmena à son quartier-général. Chemin faisant, il me posa quelques questions sur Paris qu'il croyait affamé. Il nous voyait surtout avec pitié réduits à manger les plus infimes animaux.

Je le rassurai sur le sort des assiégés et lui fis savoir que, loin de vouloir capituler, la population parisienne était disposée à lutter encore bien longtemps. Le sort des mangeurs de chiens, de chats et de rats semblait surtout vivement intéresser le général bavarois, qui revenait toujours à ses questions.

Arrivé au quartier-général, on me laissa au rez-de-chaussée, dans une sorte de salle à manger qui servait de bureau à une demi-douzaine de scribes. Je devins naturellement le point de mire de ces Messieurs, qui semblaient aussi joviaux que leur général. Seulement les plaisanteries de ces tudesques se changeaient parfois en pantomime : de leurs bras étendus ils semblaient tenir un fusil dirigé sur moi et répétaient en chœur le fameux : *Capout, capout !*

C'était une sorte de petite scène à la sauvage.

Le général, en me faisant demander, mit fin à cet entretien d'un goût... douteux, et je retrouvai sa figure plus réjouie encore que lors de notre première entrevue. Il faillit éclater de rire lorsque, lui déclarant ignorer le contenu de la dépêche que je portais au général Faron, il m'engagea à en prendre connaissance.

J'hésitai d'abord à commettre une semblable indiscrétion. La joie de plus en plus éclatante du général me décida cependant..... Je ne pus réprimer, je l'avoue, un mouvement de colère.... je venais de lire des félicitations du général de Barollet au général Faron sur sa promotion de général de division !...

— Général, m'écriai-je, ordonnez ma mise en liberté. Vous ne pouvez me garder prisonnier pour une semblable futilité ....

— Je comprends votre ennui, Monsieur... Lalanne ; mais je ne puis que vous plaindre et vous êtes mon prisonnier.

J'obtins pour toute atténuation à mon malheur de pouvoir écrire à ma femme. Encore fallut-il supprimer le lieu où j'étais et la date à mon petit mot. Le général se chargea de le faire parvenir au moyen des ambulances.

Je dus prendre congé du général, qui donna l'ordre de me faire diriger sur la prévôté allemande, à Gros-Bois. Un cavalier fut chargé de ma conduite, lui en selle, moi à pied. Lorsque nous fûmes hors de portée des troupes, le brigand me fit payer cher le dérangement que je lui causais. Il me harcela de sa botte au moins deux lieues sur trois! Mon arrivée dans un hameau occupé par un poste prussien me permit de porter plainte contre le traitement barbare que m'avait infligé mon conducteur. J'eus au moins la satisfaction de trouver un officier compatissant qui me promit, dans les meilleurs termes, de me donner deux jeunes volontaires parlant un peu ma langue pour achever ma route.

A six heures du soir j'arrivais à Grois-Bois mort de fatigue et de faim, car je n'avais pas mangé de la journée.

L'interrogatoire recommença. A la question :

— Etes-vous soldat ?

Je répondis que non.

— Dans ce cas vous serez fusillé !....., C'est le sort de tout civil pris les armes à la main.

Je m'empressai naturellement d'établir une distinction entre ma position et celle des civils pris les armes à la main, et je conclus en déclarant qu'après tout j'étais soldat et que mon uniforme en faisait foi.

— Voyons, il faudrait s'entendre... Etes-vous oui ou non soldat ?

— Oui, oui, repris-je, soldat et qui plus est brigadier de la Garde nationale à cheval de Paris.

— Alors, vous êtes prisonnier. Vous serez traité comme tel...

Mon escorte reçut l'ordre de me remettre à un poste prussien situé à 2 lieues de Champigny, et je dus encore marcher jusqu'à 7 heures et demie bien qu'exténué. Je me trouvai enfin dans une salle où je devais passer la nuit. Ma première étape était finie. Je me voyais là avoir pour toute fortune mon manteau, mes grandes bottes et 60 francs !

A l'aide de ce dernier argument j'obtins une bouteille de vin, du pain et du fromage de Brie ! Je mangeai, sinon sans appétit, au moins sans goût, et bientôt, roulé dans mon manteau, la fatigue endormit ma douleur et mon corps.....

* *

Avant de laisser le prisonnier continuer son récit, nous lui fîmes part, à notre tour, de l'inquiétude dans laquelle nous avions tous été jetés à la suite de la connaissance de son absence prolongée.

Nous pouvions nous attendre aux plus affreuses nouvelles sur son compte.

Etait-il tombé dans une embuscade prussienne ou entre les mains de vils maraudeurs plus à craindre encore ?

Avait-il été fait prisonnier ou avait-il payé de sa vie l'accomplissement de l'ordre qu'il avait reçu ?

Lorsque l'on eut enfin la certitude qu'il pouvait être arrivé malheur à notre camarade, plusieurs gardes et amis de Lalanne firent toutes les recherches possibles sous la direction d'un de nos lieutenants. Grâce à une sorte de trève tacite entre Français et Allemands pour achever d'enterrer les morts des terribles combats des journées précédentes, le lieutenant Cahen put même voir un officier supérieur de l'armée ennemie, qui lui déclara positivement « qu'il n'avait pas été fait de prisonnier portant notre costume ! »

Il devenait clair pour nous, malheureusement, que, victime de l'appât du gain, Lalanne avait été tué par des maraudeurs qui en voulaient à son cheval et à l'argent qu'il pouvait avoir sur lui. Notre inquiétude ne fut modérée que lorsque nous apprîmes enfin, par la lettre dont il a été parlé plus haut, qu'il avait été fait prisonnier.

*
* *

La nuit fut mauvaise, continua Lalanne. L'arrivée de nouveaux prisonniers dans la salle où j'étais gardé, en coupant mon sommeil, réveillait mon chagrin...

A l'aube, nous étions neuf, et l'on nous dirigea sur Tournan en passant par Villeneuve-Saint-Georges. Nous fîmes ainsi une étape de douze lieues, toujours sans boire ni manger.

Le voyage recommença le lendemain sur Coulommiers. Notre nombre grossissait à chaque étape. On nous installa 4 par 4 dans une soixantaine de charrettes de réquisition qui mirent douze heures à faire le trajet ! C'est par le même système de locomotion que nous parvînmes à Nogent.

Quel voyage par un temps rigoureux comme celui qui régnait en Décembre dernier ! Nous n'avions guère lieu de nous plaindre cependant, eu égard à ce qui devait nous arriver plus tard.

A Nogent, entassés par 35 dans des fourgons à bestiaux, on nous laissa la nuit entière attendant l'ordre de départ qui ne devait venir que le lendemain matin !

Nous avons traversé successivement Epernay, Châlons, Vitry, Bar-le-Duc, Nancy, Lunéville et Wissembourg où nous disions adieu à la Patrie ! Le passage dans ces grands centres amenait quelque adoucissement à notre sort : des âmes charitables et des cœurs français nous donnaient quelques secours en vivres et en argent. Mais une fois sur le territoire ennemi, nous n'avons plus guère rencontré d'attentions délicates qu'à Berlin. Là, au moins, nous avons trouvé quelques personnes compatissantes. Notre séjour y fut de peu de durée, et l'on nous dirigea sur Bruckenschanze, forteresse de médiocre importance, près de Stralsund, et située dans une petite langue de terre qui s'élève dans la mer Baltique. C'est là que pendant de longs mois, à 500 compagnons d'infortune, nous avons habité un vaste bâtiment à trois étages en charpentes et en briques. C'est une sorte de petit Cayenne..... à la glace.

Notre vie, la voici en quelques mots :

Réveil à 7 heures. Déjeuner composé d'une soupe faite d'un mélange de farine et d'eau, une sorte de colle de pâte. A huit heures, corvée des vivres. A onze heures, distribution du pain, quel pain ! (1 livre 1/2) fait exprès pour nos estomacs français, car le pain de troupe prussien est pire encore. A midi, dîner composé de viande — peu de changement avec le rationnement de Paris — et quelques rares légumes secs. A trois heures, l'appel. A cinq heures, répétition de la soupe à la colle. On dirait avec tout cela qu'on mange beaucoup. On mange souvent seulement, et l'on revient en France maigre comme un clou ! Enfin, on intercalle entre toutes ces opérations cinq à six heures de travail.

Mes amis de Paris, se doutant de mon dénûment — je vous l'ai dit, je crois, je fus fait prisonnier avec 60 francs sur moi — me firent heureusement ouvrir un crédit. Cette attention me permit de goûter d'une vie un peu meilleure. J'obtins d'abord de quitter le dortoir commun pour partager l'appartement du major *herr Bouckboltz*, maître d'école par vocation et major par la volonté royale. Peu à peu je pus jouir d'une sorte de liberté relative : c'est ainsi que je pouvais aller à mon aise à Stralsund sans être forcé de goûter les douceurs de l'accompagnement obligé des sous-officiers prussiens de la landwehr chargés de notre garde, argus sévères à lunettes qui, sous le fallacieux prétexte de nous faire voir les beautés (*sic*) de la ville, nous arrêtaient toutes les dix minutes..... pour nous compter ! Ces gens ne sont pas des soldats, ce sont des caissiers !

Grâce à ma position particulière, je ne fus pas soumis aux corvées de mes compagnons, soldats ou mobiles, qui devaient construire, bon gré mal gré, et sous la pression des menaces les plus inhumaines et les plus monstrueuses (code militaire prussien, menaces d'être mis au milieu des forçats !), un pont de 8 à 900 mètres entre Bruckenschanze et l'Ile Danholm.

Enfin l'heure de la délivrance arriva, et je pus retourner en France, à mes frais.

Je vins aussitôt me mettre à la disposition de l'Etat-major de la garde nationale à Versailles, pendant les derniers temps de la Commune ; mais mes services ne semblèrent pas devoir être utilisés, et je dus attendre encore quelque temps avant de pouvoir reprendre mes affaires à Paris.

Aujourd'hui, termina Lalanne, j'ai heureusement retrouvé ici toutes les amitiés que j'y avais laissées. Quelques autres ont été ravivées par ce qui m'est arrivé ; cependant j'apprends que quelques âmes charitables ont bien voulu conserver le souvenir des bruits mensongers qui avaient été répandus sur mon compte..... Tenez, je vous laisse pour aller chez le docteur... J'ai si peu monté à cheval depuis sept mois et j'ai si peu donné de leçons d'équitation à nos ennemis, que maintenant la selle me blesse comme si j'étais un apprenti cavalier !....

Après ce récit, nous croyons que toute observation serait inutile pour justifier notre camarade Lalanne des bruits ridicules dont nous avons parlé plus haut. Loin d'avoir même été imprudent,

comme on l'en accusait, il n'a fait que remplir strictement son devoir, et il a fallu vraiment des circonstances malheureuses comme
celles que nous avons racontées (en quelque sorte avec la fidélité
de la sténographie) pour avoir été tomber ainsi, non pas dans un
piége, mais dans un véritable précipice.

Dans les conditions où Lalanne a été fait prisonnier, il nous
semble que le général bavarois aurait pu montrer quelque générosité. Il a ri — il y avait de quoi au fond, — et cependant il n'a pas
été désarmé. Nos ennemis ne sont pas généreux.

C'est là *leur* moindre défaut.

Les Ordres aux Forts pendant le bombardement.

LE MOIS DE DÉCEMBRE

IEN que les deux chapitres qui précèdent (*La ba-taille de Champigny* et *Quatre mois chez les Prussiens*) et celui qui suivra (*Nos canons*) aient trait à des faits qui se sont passés pendant le mois de Décembre, nous n'en devons pas moins revenir encore sur quelques autres détails qui ont eu aussi leur intérêt pour la Légion pendant ce dernier mois de 1870.

D'abord le journal le *Figaro* signale à l'indignation publique le fait qu'il rapporte en ces termes :

Nous devons signaler un fait dont nous garantissons la rigoureuse exactitude. Trois gardes du 1er Escadron de la Garde nationale à cheval, ayant été commandés pour trans-mettre un ordre à une batterie en avant de Créteil, voulurent s'assurer du chemin qu'ils devaient prendre, et s'adressèrent à une compagnie de gardes nationaux à pied qui, depuis plusieurs jours, occupaient les environs.

Le hasard fit qu'ils se renseignèrent auprès des tirailleurs de Belleville. Ceux-ci, avec une politesse qu'on eût été loin d'attendre de leur attitude habituelle, indiquèrent une route directe, et les trois cavaliers s'élancèrent sans défiance dans la direction qu'on leur montrait.

Ils n'étaient plus qu'à deux cents mètres du point qu'ils voulaient atteindre, lorsqu'un capitaine de la Ligne leur cria, d'une tranchée où il était placé en observation :

« Arrêtez-vous ! tournez bride ! vous allez droit chez les Prussiens ! »

Ces trois hommes couraient à une mort certaine, grâce à la petite plaisanterie que les soldats de Flourens avaient si bien imaginée.

C'est une lâcheté de plus à inscrire à l'actif des *héros* du 31 Octobre.

*
* *

La création des compagnies de marche dans la Garde nationale et leur service aux avant-postes ne tarda pas à donner à l'Intendance de la 2me armée une importance toute particulière. Le cercle de ses fonctions s'agrandissant, elle réclama à son tour le concours de notre Légion pour la transmission de ses dépêches, qui jusqu'alors avait été faite sous le couvert de l'État-major général. Quatre cavaliers et un brigadier furent chaque jour chargés de ce service. Ce poste devint bientôt insuffisant, l'Intendance ayant besoin de faire escorter les convois qu'elle avait à diriger. A partir de ce moment, l'imprévu, on le comprendra facilement, dût jouer un grand rôle dans ce service ; aussi se contenta-t-on de désigner chaque jour une douzaine de cavaliers pour cette affectation spéciale, en prévenant ceux-ci qu'ils devaient être prêts à se trouver en mesure de pouvoir passer plusieurs jours hors de Paris. Nécessairement pour des missions de ce genre on désignait les volontaires et les cavaliers faisant partie des pelotons de guerre.

Plusieurs de ces expéditions eurent lieu dans la première moitié de Décembre, mais les absences furent généralement de courte durée. Le 17, le Capitaine-commandant le 4e Escadron reçut l'ordre suivant. qui présageait quelque chose de plus sérieux :

Mon Capitaine,

Veuillez commander immédiatement un brigadier et six hommes *bien montés* qui devront rester dehors trois ou quatre jours au service de M. l'Intendant de la 2e armée.

Ces Messieurs devront être réunis demain matin, à 5 heures précises, place Vendôme, n° 10, à l'Intendance, où ils se mettront à la disposition du chef de service.

Agréez, etc.

Le Major : ROGER.

Nos camarades allaient faire ainsi les préparatifs de la grande bataille décidée pour le 21 Décembre. En effet, le 19, les portes de Paris restaient fermées ; le 20, une proclamation du Gouverneur de Paris annonçait de grandes opérations pour le lendemain, et tous les bataillons de guerre de la Garde nationale étaient dirigés sur différents points hors de l'enceinte, afin de servir de réserve aux troupes de ligne et de la garde mobile.

Nos cavaliers eurent fort affaire encore en cette circonstance, où ils montrèrent une infatigable activité et un savoir faire très-remarqué.

*
* *

. Pendant que ces quelques camarades du 4ᵉ Escadron étaient occupés avec l'Intendance, un peloton tout entier du 1ᵉʳ Escadron était dirigé, le 21 au matin, dans la direction des forts de Nogent et de Noisy, demandés qu'ils avaient été par le colonel Ducrot, celui-là même qui commandait en sous-ordre l'artillerie de la Redoute de Saint-Maur lors de la bataille de Champigny.

Le colonel Ducrot, qui avait vu à l'œuvre la Garde nationale à cheval dans cette mémorable journée, avait pensé à elle pour un service à peu près semblable pour la bataille qui allait s'engager. Les circonstances du combat furent telles que la Légion n'y fut que peu employée ; mais il suffisait qu'elle ait été appelée dans cette circonstance pour nous permettre de dire que la nouvelle convocation à laquelle elle avait répondu était la plus noble récompense qu'on pouvait lui décerner pour sa belle conduite à Champigny.

Nous n'insisterons pas sur le combat du 21. On sait que le nouvel effort sur le Bourget eut un médiocre résultat, pendant que la droite prenait une belle position sur le plateau d'Avron, sur lequel on ne put malheureusement pas s'établir en raison du froid intense qui survint et empêcha les travaux de terrassement pour l'établissement de batteries.

*
* *

A partir du 27 Décembre, nos ennemis commencèrent le bombardement de Paris par les forts de l'Est. C'est à dater de ce jour que le service d'estafettes devint très-dangereux pour la Légion de cavalerie. Plusieurs de nos camarades eurent à porter des ordres sous une véritable pluie de projectiles. Ces missions étaient si dangereuses, que l'on envoyait presque toujours deux gardes à la fois pour porter les dépêches.

Nous nous rappelons qu'à l'époque nous avons entendu faire l'éloge du sang-froid de plusieurs de nos camarades. Un, même, fut assez téméraire pour vouloir rentrer à Paris alors qu'il venait d'avoir son étrier enlevé par un éclat d'obus en arrivant au fort de Nogent. Les marins qui occupaient ce fort s'opposèrent à son départ et durent le forcer à attendre la tombée de la nuit et le ralentissement du bombardement pour reprendre la route de Paris.

Pendant que la Légion est, comme on vient de le voir, fort occupée, *Paris-Journal* trouve qu'elle n'en fait pas assez et publie ce qui suit :

On dit qu'il est question de fusionner *l'escadron* de cavalerie et la Légion d'artillerie de la Garde nationale.

Il y aurait là, pensons-nous, une idée féconde. Des deux moitiés qui, prises isolément, *n'ont pu encore rendre tous les services par lesquels elles ambitionnent de se signaler,* on pourrait faire un tout excellent. Les chevaux sont difficiles à trouver pour les batteries de la Garde nationale, *prenez* dans *l'escadron* des gardes à cheval...

Le commandant Pothier pourrait prendre le commandement de ce corps nouveau avec MM. Quiclet et Schœlcher sous ses ordres. La Garde nationale à cheval *fournirait une pépinière de conducteurs exercés* pour les attelages de l'artillerie ; on aurait utilisé *les bonnes volontés* en les enrégimentant dans *un corps sérieux et utile.*

Sous les dehors très-patelins de cette note se cache évidemment la griffe du journal qui ne manque jamais une occasion de *tomber* la Légion de cavalerie. Les passages que nous avons soulignés le démontrent pour qui sait lire entre les mots. La Légion de cavalerie devient pour lui un simple escadron ; il y tient même, puisqu'il le répète. Les services que nous rendons sont mis au niveau de ceux de la Légion d'artillerie qui n'a pas eu encore l'occasion de recevoir le baptême du feu. Notre Corps n'est ni sérieux, ni utile. Enfin, pour nous mener à la gloire, il suffit de prendre nos chevaux, de nous changer en conducteurs de pièces et de nous encadrer avec les républicains de M. Schœlcher. Merci bien !

La Légion de cavalerie offre deux canons à la Défense nationale.

NOS CANONS

A la suite de nos premiers insuccès pour briser le blocus, il y eut à Paris comme un moment de recueillement général. Chacun, dans la mesure de ses moyens et de ses forces, voulut concourir à rendre au moins la ville imprenable. Ce fut un élan vraiment patriotique.

La défense de Paris était arrivée à ce paroxysme de l'enthousiasme, lorsqu'un rapport du général Trochu fit ressortir, comme une des causes les plus sérieuses de notre impuissance, l'insuffisance de notre artillerie. Non-seulement le nombre nous manquait, mais la supériorité de nos ennemis provenait aussi de la qualité de leurs pièces. Légers, en acier, se chargeant par la culasse, leurs canons possédaient, à égalité de diamètre et de charge, une précision de tir et une portée bien plus efficaces que les nôtres, et d'ailleurs nous en étions presque réduits à nos pièces de remparts et aux pièces de marine venues de nos ports militaires, car le gros de notre artillerie avait suivi nos armées vaincues à Sedan ou enfermées dans Metz.

A cette révélation, la population s'inquiéta; quelques esprits pratiques lancèrent l'idée d'ouvrir des souscriptions, et les promoteurs agirent sur les masses à l'aide d'un moyen infaillible, en faisant couvrir les murailles de la ville d'immenses affiches ne contenant que ces deux lignes :

Des Canons ! Encore des Canons !!
Toujours des Canons !!!

La Légion de cavalerie s'émut comme les autres corps; et, le 21 Octobre, un Ordre du jour du Colonel portait ce qui suit :

Le Colonel, s'inspirant du sentiment général et de l'opinion manifestée par un grand nombre de gardes de la Légion,

Arrête :

Il est ouvert dans la Légion de cavalerie des Gardes nationales de la Seine une Souscription dans le but d'offrir un ou plusieurs canons à la Défense nationale.

Messieurs les Capitaines-commandants sont chargés de dresser les listes de souscription et de faire recueillir, le plus promptement possible, les dons patriotiques des officiers, sous-officiers et gardes de leur Escadron.

E. QUICLET.

Dans un semblable moment, c'était doubler la valeur de cette souscription que d'en réunir le fruit dans le plus bref délai. Un appel fut fait dans ce sens aux quatre escadrons et à l'État-major de la Légion. En quelques jours, il produisit une somme suffisante pour permettre l'acquisition de deux pièces.

Le Colonel s'empressa de remettre le montant de cette souscription au général Trochu, qui, d'abord, le chargea de nous exprimer les remercîments du Gouvernement de la défense nationale. Le Gouverneur de Paris adressa même ensuite une lettre à notre premier chef pour le prier de complimenter la Légion de cavalerie sur sa patriotique offrande et sur son zèle remarqué au service, qui était à la fois très-apprécié aussi bien par lui que par les commandants des Secteurs.

Le but évident de la souscription ouverte dans nos rangs, comme dans tous les bataillons de la Garde nationale, était de permettre d'ajouter de nouveaux canons aux soixante batteries de six pièces que le Gouvernement avait commandées à la suite du Rapport qui constatait la faiblesse de notre armement. Malheureusement, on reconnut que les constructeurs étaient engagés pour tout ce qu'ils pouvaient produire, et qu'il n'était pas possible d'augmenter *d'une seule pièce* le nombre de celles qui avaient été commandées par le Gouvernement, par la voie d'une Commission sur le rôle très-important de laquelle nous allons revenir. C'est ce qui fait que les sommes recueillies dûrent être remises directement au Gouvernement. Celui-ci, devant l'affectation toute spéciale des fonds versés par les souscripteurs, les prit en quelque sorte pour associés, et s'engagea à fournir toutes les pièces qui seraient payées par l'initiative privée de leurs nombreux accessoires.

Le prix de chaque pièce, sans affût, était de   5,200 fr.
Le prix de l'affût était de   1,600 »
Et celui d'un caisson d'attelage de   1,500 »

Ensemble, 8,300 francs, sans compter les accessoires qui doublaient au moins cette somme, comme nous le verrons tout à l'heure.

Lorsque le Gouvernement de la défense nationale fut sur le point de faire fabriquer les canons, dont l'utilité était regardée comme la vraie solution de la grande question de résistance pour la capitale, il eut le bon esprit de ne s'en point rapporter au trop fameux Comité d'artillerie, célèbre par sa persistance à n'admettre aucun progrès nouveau. Le canon rayé, qui nous avait donné la victoire à Solférino, était toujours pour lui le *nec plus ultra*.

Il y avait à Paris bien d'autres savants, tout au moins aussi capables que ceux du Comité d'artillerie, pour décider à quel modèle on donnerait la préférence. Ces hommes éminents se formèrent sous la dénomination de Corps du génie civil, et furent installés au Conservatoire des Arts-et-Métiers. Là, ils réunirent tous les docu-

ments nécessaires et appelèrent toutes les bonnes volontés. Par
dessus tout, éloignant les questions de rivalités mesquines, ils
s'attachèrent à profiter des expériences faites en 1869, bien qu'elles
eussent laissé froids les membres du Comité d'artillerie de l'empire
malgré leurs résultats indiscutables.

*
* *

Voici quels étaient, en somme, les principes résultant des expériences en question :

1° Un canon *en acier,* rayé et se chargeant par la culasse, avec
un angle de tir de 5 degrés, porte le projectile de diamètre égal et
de poids égal à 320 mètres plus loin que la même pièce *en bronze.*

2° Ces mêmes pièces, dans les mêmes conditions, mais avec un
angle de tir de 10 degrés, présentent une portée plus longue de 800
mètres en faveur de l'acier.

3° Avec un angle de 20 degrés l'augmentation est de 1420 mètres.

4° Enfin, avec un angle de 30 degrés, l'acier porte à 2010 mètres
plus loin que le bronze.

5° Dans le même ordre d'expériences, mais en prenant un but fixe,
à 3000 mètres par exemple, le projectile lancé par une pièce en
bronze se chargeant par la bouche devra, pour tomber à ce point,
décrire une trajectoire énorme et s'élever dans l'air à 253 mètres,
tandis que le même boulet lancé par une pièce en acier se chargeant
par la culasse n'a besoin que de s'élever à 137 mètres. Or on sait
que plus la trajectoire est tendue, c'est-à-dire que plus le projectile
se rapproche de la ligne horizontale, et plus il a de chance de toucher
le but.

6° Une expérience avait démontré encore qu'à cette distance de
3000 mètres le projectile qui, pour l'une et l'autre de ces pièces,
était animé, au départ, d'une vitesse égale de 350 mètres par seconde, n'était plus que de 166 mètres pour la pièce en bronze se
chargeant par la gueule, tandis que pour la pièce en acier se chargeant par la culasse, il conservait encore une force de vitesse de 252
mètres.

*
* *

Le choix à faire, après de semblables données, n'était plus discutable dès que l'on voulait suivre la voie du véritable progrès révélé par l'expérience. Ce qu'il y a de douloureux à dire, c'est que les Allemands avaient su, eux, profiter de cette méthode dédaignée chez nous jusqu'alors ; nous ne le voyions que trop depuis l'ouverture de cette triste campagne !

La pièce de 7 en acier se chargeant par la culasse était le véritable modèle à adopter. Malheureusement, la science n'avait plus seule voix délibérative dans le moment critique que nous traversions. Il fallut compter avec le temps qui pressait et avec l'acier qui manquait à Paris. Ne pouvant user que des seules ressources de l'industrie parisienne, on dut revenir aux canons en bronze à longue portée. On appliqua au moins à ces canons le système de la charge par la culasse et tous les perfectionnements apportés, dans notre matériel, par celui de nos généraux qui a doté l'artillerie de la Marine de tous les engins nouveaux qui ont été si remarqués à l'Exposition universelle de 1867.

Voici quelques notes sur le modèle adopté :

		m
Longueur totale de la pièce		2,124
Diamètre cylindrique extérieur au tonnerre et jusqu'au tourillon (support de la pièce)		0,282
Diamètre extérieur de la volée		0,150
Diamètre de l'âme de la pièce		0,085
Diamètre du boudin qui termine la volée		0,202
Profondeur des 14 rayures intérieures		0,009
Largeur de ces rayures		0,012
Longueur du pas du filet de la rayure		1,800
Diamètre du tourillon		0,104
Longueur du tourillon		0,092
Poids du projectile chargé		7 kilogr.
Portée	8 à	9000 mètres.

*
* *

Ce modèle une fois choisi, le comité du Génie civil fit un appel à l'industrie privée, et tout constructeur d'une capacité reconnue et pouvant justifier d'un matériel suffisant reçut des commandes.

On bannit de suite toute hésitation en ne s'adressant qu'à des usines importantes, car s'il était nécessaire de produire vite, il était indispensable de ne recevoir que des pièces dont l'emploi ne devait soulever ni craintes, ni critiques. Le nombre de ces usines était d'autant plus limité, que plusieurs constructeurs de haute compétence avaient leurs ateliers neutralisés par leur position hors de l'enceinte fortifiée de Paris.

Voici maintenant à quel chiffre s'élevait le prix d'une batterie de 6 pièces :

6 canons à 5200 francs.	31,200 fr.
6 Affûts à 1600 francs.	9,600
6 Caissons à avant-train, à 1500 francs.	9,000
6 Caissons doubles à avant-train, à 3000 francs	18,000
18 Chevaux à 800 francs	14,400
18 Harnais à 250 francs	4,500
6 Roues de rechange à 120 francs	720
1 Forge de campagne	2,400
6 Prolonges pour les munitions, à 1400 francs.	8,400
500 Projectiles creux à 10 francs	5,000
500 Gargousses à 5 francs.	2,500
600 Étoupilles, écouvillons, seaux, cordages, marteaux, pinces et gargoussiers . . . . pour mémoire	

TOTAL. . . . . 105,720 fr.

Soit, pour 60 batteries — chiffre des commandes — une somme ronde de 6 *millions et demi*.

* *

Pendant que nos pièces sont en travail, nos camarades voudront renouveler avec nous une rapide visite aux usines qui les ont produites. Ce ne sera pas sans intérêt, croyons-nous, soit qu'ils aient déjà vu ces ateliers, soit qu'ils n'aient pas eu l'occasion de voir nos industriels à l'œuvre.

* *

La fabrication des canons comporte deux grandes opérations : 1° la fonte et 2° le forage et l'ajustage.

L'opération de la fonte présente de sérieuses difficultés d'exécution en temps ordinaire. Elles étaient accrues encore par des installations précipitées et par la nécessité de produire vite. Le moindre défaut dans le mélange des métaux, dans la fabrication et surtout le séchage du moule et dans la coulée faite à une température plus ou moins élevée, peuvent produire les effets les plus désastreux en provoquant la rupture de la pièce en service. Pendant le siége il fallait réussir à tout prix pour donner de la confiance à l'armée, et l'arme elle même devait avoir la confiance des artilleurs.

Le canon est fondu dans un moule fait avec un sable spécial composé de terre argileuse, de sable dit de Clamart et de poudre de charbon, et formé lui-même sur un modèle en bois ou en métal dont il épouse bien exactement tous les détails. Ce moule est retenu par des chassis en fer pouvant se monter et se démonter à volonté, à l'aide de boulons, pour permettre le retrait du modèle.

Ce moule, nécessairement mouillé pour être fait, est séché lentement à l'étuve avec tout le soin possible, car l'humidité qu'il pourrait conserver déterminerait, lors de la coulée, des ébullitions qui pourraient produire des *gouttes d'air* ; or ce défaut rend toute pièce impropre au service. Ce séchage artificiel a dû remplacer, pendant le siége, celui à l'air libre usité dans les usines de l'État. La Défense n'avait pas le temps d'attendre quatre mois le séchage des moules de ses canons !

Un détail usité de fabrication permet d'ailleurs de produire des pièces sans gouttes d'air, en donnant au moule environ 1 m. 50 de plus de longueur que la pièce à produire. Comme les gouttes d'air et les impuretés du métal ont une pesanteur spécifique moindre que le bronze, elles tendent à surnager et viennent se perdre dans le moule supplémentaire ou masselotte. C'est là qu'on les retrouve en coupant la pièce à la longueur voulue. Le surplus est remis à la fonte.

La coulée se fait le moule placée debout, la culasse en bas. Le poids du métal ainsi versé donne plus de cohésion et de force de résistance à l'ensemble de la pièce, qui est d'ailleurs coulée pleine.

Le bronze à canon, employé pendant le siége, était composé de 90 parties de cuivre, 11 parties d'étain et de 1 partie de zinc par 102 kilogrammes.

Sortant du moule et brut de fonte, chaque canon pesait 1300 kilogrammes, pour ne plus peser que 645 kilogrammes une fois qu'il était achevé.

Les premières tentatives ne furent pas toutes couronnées de succès ; quelques fondeurs éprouvèrent même des mécomptes sérieux, car des pièces dûrent retourner à la fonte ; mais, en somme, les réussites ont fait oublier les premiers obstacles, et c'est ainsi que :

La maison Cail fondit	110	pièces.
» Thiébault	100	»
» Laveissière	60	»
» Audaincourt	50	»
» Cailar	20	»
Divers	20	»

Le cuivre pur manquait. Des fours d'affinage furent montés et l'on obtint ainsi des lingots convenables. Ce cuivre, jeté dans des fours à réverbère portés à une température très-élevée, ne met pas moins de douze heures à entrer en fusion complète. L'étain et le zinc ne s'ajoutent que quelques heures avant la coulée, car, plus fusibles que le cuivre, ils se volatiliseraient. On brasse avec un morceau de bois pour éviter dans le mélange la présence de particules de fer qui se détacheraient des barres de ce métal, ce qui pourrait avoir de fâcheuses conséquences pour la solidité des pièces. Le mélange, avant de passer dans le moule, est brassé encore dans une poche en tôle enduite d'une couche de terre réfractaire. Une fois dans le moule, on le laisse se solidifier quinze heures, temps au bout duquel on retire le moule, bien que la pièce soit encore à une très-haute température. Cette dernière opération donne une « trempe à l'air » au métal qui se trouve ainsi saisi et acquiert par cela même une plus grande cohésion.

*
* *

La seconde opération est celle du forage. La pièce, complétement refroidie, passe alors de l'atelier du fondeur dans celui d'un constructeur où elle est forée, rayée, tournée et ajustée.

Ce travail, pour les 360 pièces, s'est réparti dans les usines suivantes :

La maison Cail	50	pièces.
Les ateliers du chemin de fer de Lyon	36	»
» » » d'Orléans	24	»
» » » de l'Ouest	24	»
» » » du Nord	18	»
La maison Claparède	36	»
» Decoster	24	»
» Elwell, Warrall et Middleton	18	»
» Chaligny et Cie	18	»
» Séraphin	12	»

La maison Flaud . . . .   10 pièces.
      »   Lepaute   8   »
      »   Perrin   6   »
Divers ateliers   96   »

La pièce étant montée sur un tour subit d'abord l'opération du forage. L'âme, une fois produite, est ensuite rayée. Puis on polit le bronze extérieurement. On dispose, également pendant cette opération, la place de la gargousse et, plus en avant, celle du projectile. Ce dernier étant recouvert d'un métal mou, pouvant entrer dans les rayures de l'âme et épouser leur forme, est d'un diamètre de 3 millimètres plus grand que l'âme de la pièce. C'est grâce à cette différence de diamètre que le projectile se *force* dans le trajet de l'âme. Il ne peut alors se produire aucune déperdition du gaz résultant de l'inflammation de la poudre. C'est dire que toute la puissance de ce gaz est utilisée à chasser avec d'autant plus de violence le projectile. Or, c'est bien là le but et le grand avantage des armes se chargeant par la culasse.

La pièce passe enfin dans la section des ajusteurs qui disposent la fermeture de la culasse.

La culasse est la partie essentiellement savante de l'arme.

Elle se compose d'un tampon ou bouchon cylindrique en acier fileté extérieurement par un filet spécial, partie triangulaire et partie carrée du côté où il reçoit l'effort. La circonférence de ce tampon étant divisée en six parties égales, on en enlève trois sur toute la longueur en alternant les parties qui restent et celles qui sont enlevées.

Les parties qui restent sont destinées à occuper la place de parties correspondantes qui ont été enlevées sur une forte bague en acier ajustée à l'âme de la pièce, et *vice versa*. Ce tampon ou bouchon entre ainsi à frottement doux dans la bague de la pièce, et cela dans une longueur d'environ 25 centimètres.

En faisant tourner ce tampon, au moyen d'une manivelle, d'une quantité égale à l'angle formé par la partie des filets qui ont été gardés dans la bague (soit un sixième de tour), les filets du tampon se trouvent naturellement retenus par les filets de la bague. On obtient ainsi une fermeture hermétique.

Pour empêcher toute déperdition de gaz en avant de ce bouchon, une bague en acier est montée. Sous l'effort de la percussion cette bague se dilate et vient s'appuyer sur les parois du canon, et la culasse de la gargousse s'épanouit et complète l'obturation.

Lorsque l'on ouvre la culasse, le tampon ou bouchon est retenu à la pièce par une lunette ou bague en bronze montée à charnière sur celle-ci, et dans laquelle le bouchon entre à frottement sans pouvoir s'en échapper, retenu qu'il est par une clavette déterminant la limite de sa course.

La manivelle, indépendamment du rôle qu'elle joue dans l'opération de la fermeture et de l'ouverture de la culasse, sert encore à assurer les servants de la pièce contre toute chance d'accidents. La lumière, au lieu de se trouver sur le dessus comme dans les canons se chargeant par la bouche, est placée dans le haut du bouchon de la culasse et communique, au moyen d'un conduit oblique, avec l'axe de la gargousse de manière à produire une inflammation centrale. Le rôle de la manivelle est de boucher complétement cette lumière tant que la fermeture de la culasse n'est pas absolue. On ne peut donc mettre le feu à la pièce que lorsque toutes les conditions d'une parfaite fermeture sont remplies.

* *
*

Le projectile est en fonte. Haut de 24 centimètres, d'un diamètre de 8 centimètres 1|2 environ, il est arrondi par le haut et plat à la base. Il est creux, son épaisseur est de 18 millimètres et, chargé, il pèse 7 kilogr. Dans le haut, un trou taraudé de 25 millimètres de diamètre reçoit un bouchon en bronze dit fusée, qui est vissé. Enfin, il est recouvert d'une enveloppe soudée de métal doux (plomb). On obtient cette soudure en faisant décaper le projectile en fonte dans un acide et en le trempant ensuite dans un bain de zinc et d'étain en fusion. Ces métaux adhèrent facilement et reçoivent ensuite un nouveau bain de plomb dans un moule *ad hoc*. On tourne ensuite le boulet en laissant dans le sens de la longueur 5 bourrelets de la largeur d'environ 12 millimètres. Le projectile atteint ainsi dans son plus grand diamètre 88 millimètres, c'est-à-dire 3 millimètres de plus que le diamètre de l'âme de la pièce.

A défaut d'obus entier, chacun de nous, à l'heure actuelle, possède au moins un exemplaire du bouchon dont nous avons parlé plus haut. Nous ne le décrirons donc pas ici extérieurement. A l'intérieur, il est creux et une tige vient se fixer au centre ; elle forme piston et sert à frapper le fulminate de mercure qui provoque l'éclat du projectile lorsqu'il a touché son but. Ce piston se démonte pour le transport et ne se met en place qu'au moment du tir.

*
* *

En résumé, l'artillerie créée pendant le siége a dépassé toutes les espérances. Les essais n'ont fait refuser qu'un très-petit nombre de pièces, et nos chefs d'usines ont véritablement bien mérité du pays, car ils ont eu à surmonter des difficultés sans nombre. Pour n'en citer que quelques-unes, nous rapporterons deux des principales : faute d'acier convenable pour faire les bagues et les tampons des culasses, on dut avoir recours aux essieux des locomotives.

Enfin, comme le combustible manquait, nouveaux Bernard Palissy, nos industriels en furent réduits aux dernières extrémités : quelques-uns employèrent pour chauffer leurs fours le gaz produit en versant en goutelettes, dans le four déjà chaud, des huiles de goudron. D'autres eurent recours jusqu'au contenu des fosses d'aisances.

N'est-ce pas grand comme le mot de Cambronne !

La fabrication des canons pendant le siége est une leçon dont l'avenir devra certainement profiter, car elle a prouvé que l'industrie privée pouvait lutter avantageusement avec les grands établissements de l'Etat, auxquels seuls était réservée, jusqu'alors, la production de l'artillerie.

Aujourd'hui, nous avons l'acier, nous avons le combustible, et les industriels ne demandent qu'à produire.

Ne l'oublions donc pas.

*
* *

Une fois terminés, les canons devaient supporter la vérification la plus scrupuleuse du comité du Génie civil au Conservatoire des Arts-et-Métiers. Enfin, une fois acceptés, ils étaient mis à la dis-

7

position des souscripteurs, qui en avaient versé la valeur, pour en faire la remise à la Défense nationale.

C'est là que la Légion de cavalerie dut, comme les autres souscripteurs, aller prendre les deux pièces qu'elle avait désiré offrir à la Défense de Paris. Mais avant de prendre livraison de ces canons d'une manière en quelque sorte officielle, il y avait encore quelques préparatifs à faire pour cette cérémonie. Ce fut le Capitaine-commandant du 4ᵉ Escadron, l'éminent constructeur de Courbevoie, M. Durenne, qui voulut bien s'occuper de ces soins. Il ne se contenta pas de choisir nos pièces, il en fut aussi le parrain en les nommant avec un grand sentiment de couleur locale :

Le Trot. — Le Galop.

Ces noms, très-heureusement donnés, furent gravés sur chaque pièce avec la dédicace suivante :

Offert par la Légion de cavalerie
DE LA GARDE NATIONALE
PARIS — 1870.

Pour compléter leur état-civil, nous ajouterons que nos canons avaient été fondus dans les ateliers de M. Thiébault, puis forés et achevés dans les ateliers du chemin de fer de Lyon. Enfin, ils portaient les numéros 58 et 59 de réception au Conservatoire des Arts-et-Métiers.

*
* *

Vers le 20 Décembre, la Légion fut prévenue que le Trot et le Galop étaient complétement à sa disposition. Suivant l'usage adopté par la Garde nationale, il fut décidé que nous nous rendrions en armes pour faire l'offre de ces canons. Cette cérémonie, d'abord fixée au samedi 24 Décembre, fut reculée de quelques jours en raison d'un froid extraordinaire survenu inopinément. Le thermomètre, en effet, ne marqua pas moins de 15 degrés au-dessous de zéro dans la matinée du 24, et la Seine se mit immédiatement à charrier. En renvoyant à trois jours plus tard cette promenade, nous ne fûmes guère plus heureux; non seulement le temps resta presque aussi froid, mais il fut beaucoup moins beau, car la neige et le verglas surtout se mirent de la partie. C'était une véritable malechance pour des cavaliers. Toute la matinée du 27 fut occupée au ferrage à glace des chevaux, et à midi la Légion se trouvait réunie, son Etat-Major au grand complet en tête, place Vendôme. On se rendit au Conservatoire des Arts-et-Métiers par les boulevards, par escadron et par files de 12 cavaliers.

Devant le Conservatoire les 1ᵉʳ et 2ᵐᵉ Escadrons se portèrent en avant et les 3ᵐᵉ et 4ᵐᵉ firent halte à la hauteur de l'entrée. L'Etat-Major se rendit dans la cour du Conservatoire, prit livraison des pièces qui furent amenées de front, suivies de leurs caissons, entre les deux divisions de la Légion. Les chevaux qui trainaient les pièces et les caissons étaient conduits par des employés du roulage du chemin de fer de Lyon, portant sur leur casquette les trois lettres *P. L. M.* Là, tous les gardes qui se trouvaient momentanément démontés prirent place sur les caissons.

La Légion reprit sa marche par le boulevard Sébastopol, la rue de Rivoli — où elle vit faire, en ce temps de viande de cheval, une véritable ovation à une demi-douzaine de bœufs destinés sans doute aux ambulances — la colonnade du Louvre, le quai du Louvre et la place du Carrousel.

Là, le général Trochu vint complimenter très-chaleureusement le Colonel. La Légion défila ensuite devant lui pour se rendre par la rue de Rivoli, la rue Royale et la rue du faubourg Saint-Honoré, à l'hôtel du Ministre de l'intérieur par *intérim*. Malgré une attente très-longue et très-pénible par le grand froid, la Légion ne put être passée de nouveau en revue par M. Jules Favre, que ses occupations retenaient chez le Gouverneur de Paris.

La Légion conduisit enfin ses canons au Palais de l'Industrie dans les Champs-Elysées, où ils devaient être livrés à l'artillerie.

On peut dire que dans ce service, commencé à midi pour ne se terminer qu'à 4 heures environ, la Légion fut providentiellement protégée, car malgré l'état presque impraticable des boulevards et des rues, il n'y eut pas une seule chûte d'hommes et pas un cheval ne s'abattit complétement !

Le lendemain de cette journée, que nous n'oublierons sans doute jamais, le Colonel fit lire l'Ordre du jour suivant aux escadrons :

ORDRE DU JOUR.

Paris, le 28 Décembre 1870.

Le Colonel est heureux d'avoir à transmettre à la Légion de Cavalerie les vives félicitations qui lui ont été adressées, sur son patriotisme et sa bonne tenue, par M. le Gouverneur de Paris et par M. le Général commandant supérieur.

Le Gouvernement connaît et apprécie le dévouement avec lequel la Légion accomplit chaque jour un service pénible et souvent dangereux. Il lui témoigne hautement sa reconnaissance, au nom du Pays, pour l'offre patriotique des canons qu'elle a présentés hier à la Défense nationale.

Le Colonel a reçu aussi hier au soir la lettre suivante de M. le Ministre de l'Intérieur :

Paris, le 27 Décembre.

« Monsieur le Colonel,

« J'ai été vivement peiné, en arrivant aujourd'hui au Ministère, d'apprendre que vous
« en sortiez à la tête de votre belle Légion, qui ne se contente pas de mettre son sang
« au service de la Patrie et qui lui offre deux canons dont seule elle a fait les frais.

« J'aurais été fier de vous offrir, au nom de mon département, l'expression de ma
« gratitude et d'y ajouter celle de mes sympathies personnelles.

« Au moment où vous m'avez fait l'honneur de vous présenter au Ministère, j'étais
« chez le Gouverneur, qui m'avait fait appeler, et qui m'a rendu compte de la tenue
« martiale de votre Légion qu'il avait eu le bonheur de passer en revue.

« Veuillez offrir, je vous prie, à vos braves Camarades, l'hommage de mes sentiments
« de reconnaissance, et leur dire tout le regret que j'éprouve de n'avoir pu les leur té-
« moigner moi-même.

« Soyez assez bon, Monsieur le Colonel, pour agréer l'assurance de ma haute consi-
« dération.

« JULES FAVRE. »

Pourquoi faut-il que les paroles du général Trochu, comme la lettre de M. Jules Favre, n'aient été pour nous que de l'eau bénite de cour ? C'était bien *la dernière fois* que la Légion de cavalerie montait à cheval au grand complet !

*
* *

Nos deux canons ont servi au Bourget avec honneur. La Commune, plus tard, les a retrouvés au Parc Wagram. Ils sont aujourd'hui entre bonnes mains.

Espérons que plus tard le *Trot* et le *Galop* prouveront qu'ils ont bien été fondus... pour le roi de Prusse.

La Légion de Cavalerie manœuvre le chassepot.

LE MOIS DE JANVIER

ARIS, aujourd'hui 1er Janvier 1871, entre dans sa *cent cinquième* journée de siége.

Tout le Corps d'Officiers de la Légion se réunit le matin à son État-major. Le Colonel rapporte les paroles que le général Clément Thomas a prononcées il y a un moment à sa réception. Elles ne sont malheureusement pas de nature à nous donner grande foi dans l'avenir. L'année nouvelle ne commence pas gaiement...

Notre ami *Paris-Journal* tient absolument à nous offrir des étrennes. Il nous tourne le petit compliment suivant :

Le cheval jouant aujourd'hui un si grand rôle dans l'alimentation parisienne, *on* se demande si nous n'avons pas à Paris une cavalerie trop nombreuse ; si la garde nationale à cheval, *en particulier*, est aussi *utile* au service public qu'elle paraît être agréable à ceux qui y caracolent? etc., etc.

Cette fois, un de nos camarades, qui n'a froid ni aux yeux ni à la main, réplique en ces termes :

Monsieur le Rédacteur,

Voici ce que je lis dans *Paris-Journal* :

« Le cheval jouant aujourd'hui un si grand rôle, etc., etc. »

Ce paragraphe n'étant pas signé, il m'est impossible de savoir en vertu de quelle autorité son auteur juge si légèrement la Légion dont M. Jules Favre vient de reconnaître les bons services dans une lettre adressée au colonel Quiclet.

Ce que je puis affirmer au rédacteur du *Paris-Journal* qui l'a écrit, c'est que si le hasard l'avait jamais conduit aux avant-postes, il y aurait rencontré des gardes à cheval.

La Légion, composée d'environ 600 hommes, fournit quotidiennement un contingent de 125 cavaliers à l'Etat-Major, et il ne se passe pas de jour sans que huit ou dix gardes aillent en estafettes au-delà des forts.

Le rédacteur du *Paris-Journal* a donc été mal informé en prétendant que la Garde nationale à cheval était inutile et que ses chevaux pouvaient être impunément livrés à la consommation.

C'est souvent ainsi que de faux jugements sont portés. Le rédacteur anonyme qui fait de la stratégie en chambre, au *Paris-Journal*, se montre un peu sévère pour des hommes exposés sans cesse au froid et à des chutes sur le pavé glissant, pour ne rien dire des obus, dont le bruit n'arrive pas rue Favart.

Agréez, etc.

A. DE SAINT-ALBIN,
garde au 2ᵉ Escadron de la Garde à cheval.

Voilà la seconde fois qu'en un mois *Paris-Journal* se fait rappeler à l'ordre par des membres de la Légion de cavalerie, car déjà un des brigadiers du 2ᵉ Escadron, M. Paul Monneau, avait adressé à ce journal une réponse aussi vive que spirituelle. Nous regrettons de ne la pouvoir mettre sous les yeux de nos camarades, ne la retrouvant plus dans nos notes; mais nous nous souvenons qu'elle démontrait fort bien, chiffres à l'appui, que le service de la Légion n'était pas une sinécure et une occasion de caracolades.

Toutes ces petites leçons ne corrigent pas *notre Moniteur*, qui accentue alors son ton gouailleur à notre égard. D'ailleurs il n'y a pire sourd que celui qui ne veut pas entendre :

La Garde nationale à cheval, dit-il alors, ne sera pas supprimée, mais son personnel sera l'objet d'une *révision sévère*, et les cavaliers que leur âge, leur habitude de l'équitation rend les plus propres à un service rapide d'estafettes, seront seuls conservés. Les *plus âgés*, les *plus lourds* vont être mis à pied et fourniront des postes chez le général Clément Thomas et à l'Etat-Major de la Légion.

Les gardes nationaux montés seront tous mobilisés. Leurs officiers n'auront droit qu'à un cheval, sauf le colonel.

Ce n'est pas assez d'avoir *Paris-Journal* à nos trousses, voilà
M. Cernuschi et *le Siècle* qui s'en mêlent à leur tour. Voici ce
qu'écrit l'Italien en question, devenu Français depuis peu, et qui a
oublié ce vers :

> A tous les cœurs *bien nés* que la Patrie est chère.

> La Garde nationale à cheval et les ambulances retiennent presque inoccupés beau-
> coup de chevaux qui échappent à la réquisition.
> Que l'on congédie la Garde nationale à cheval et qu'on mange ses chevaux. Le ser-
> vice d'estafettes sera fourni par la cavalerie de l'armée, qui n'a rien à faire actuellement.

Allons, de mieux en mieux. Voilà près de 700 cavaliers qui ont
nourri, à gros deniers, des chevaux pour le service du pays pendant
cinq longs mois de siége, et c'est tout le cas que cet intrus fait de
leurs efforts. Il faut dire que l'Italien du *Siècle* est l'exécuteur des
hautes-œuvres de la Commission des vivres. Nos gouvernants ont
eu besoin, paraît-il, du savoir-faire de ce Monsieur, qui a la réputation de jongler... avec les chiffres. Ce qu'il y a de certain,
c'est qu'il jongle aussi avec ces mêmes gouvernants, car il offre
de donner sa démission si l'on ne prend pas les chevaux de la
Garde nationale à cheval. C'est son idée fixe. Il lui importe peu
du reste, au fond, qu'on mange nos chevaux, pourvu qu'on détruise
la Légion de cavalerie elle-même qui offusque ses idées démo-
cratiques. Pour lui, une milice citoyenne doit absolument aller
à pied.

A cette nouvelle, une partie de la presse prend notre défense,
et, à cette occasion, nous sommes heureux de citer les lignes
suivantes de l'*Électeur libre* :

> C'est bien inconsidérément, dit ce journal en réponse au *Siècle*, que M. Cernuschi
> accuse la Garde nationale à cheval de ne pas se rendre utile à la défense. Nous l'avons
> vue souvent aux avant-postes, faisant avec beaucoup de zèle et de courage le service d'es-
> tafettes et d'éclaireurs. Nous ne comprenons vraiment pas les injustes et maladroites
> attaques de certaines feuilles contre des citoyens dont le dévouement et le patriotisme
> ne méritent, au contraire, que des éloges.
> Nous regrettons d'être obligés de rappeler des confrères aux convenances et à l'im-
> partialité qui est le premier devoir des journalistes qui se respectent.

Voici ce que, de son côté, publie le *Figaro*, numéro du 12 Janvier, dans un article où l'*humour* et la vérité fraternisent à
plaisir :

PIED A TERRE

La voilà démontée, notre cavalerie ! démontée pour le besoin des subsistances !

Qui nous eût dit que de « *la plus belle conquête de l'homme sur la nature* » on ne ferait qu'un bifsteack ?

Il faut que tous y passent et accomplissent leur dernière course sur la piste culinaire. Soit ! mangeons la cavalerie de Paris, afin que dans l'histoire on dise avec orgueil : « Paris a mangé jusqu'à son dernier cheval ! »

Mais en n'épargnant pas les bêtes, n'eût-il pas été possible de ménager les hommes ? Je m'explique :

Pourquoi n'avoir pas pris d'abord les chevaux de fiacres, les chevaux d'omnibus ? — tout citoyen peut marcher à pied après trois mois de siége — on eût saisi ensuite des chevaux de luxe qu'on eût versés dans l'armée en remplacement des montures estropiées ou fatiguées ; on eût diminué le personnel roulant des ambulances qui promène quotidiennement des médecins ou carabins, se pavanant en plein air et *persillant* sans motif ; — on eût conservé, bien entendu, le service des chirurgiens en activité. — Puis à la fin, tout à la fin, s'il avait fallu toucher à la cavalerie, on eût démonté de préférence la garde nationale à cheval, attendant les derniers moments pour porter la main sur les équipages de la troupe, sur les chevaux de l'armée !

Conduit de cette façon, le réquisitionnement des chevaux n'eût soulevé aucune plainte ni provoqué aucune critique. Il s'agissait, pour arriver à ce résultat, de confier les fonctions d'exécuteur des hautes œuvres hippiques à un homme compétent.

Malheureusement, le ministre de l'agriculture, qui a bien d'autres chevaux à fouetter, et qui, d'ailleurs, agit sous l'impression d'influences quasi-étrangères, a pris son bien n'importe où, sans songer qu'il blessait de légitimes susceptibilités.

Je ne parle pas de la cavalerie régulière, qui méritait d'être respectée même de préférence à la garde nationale à cheval, mais je trouve dans la suppression d'une partie de cette dernière légion une faute qui saute aux yeux des moins clairvoyants.

Il y a quelques jours à peine, à l'occasion de l'offre de deux canons, M. Jules Favre écrivait une lettre flatteuse au colonel Quiclet, constatant les services rendus par un corps qui a du moins le mérite de ne rien coûter à l'Etat.

La garde nationale à cheval s'équipait et s'entretenait à ses frais, remplissant mission d'estafettes, tant aux secteurs qu'aux avant-postes. On rendait justice à son activité et à son initiative, et chacun de ses cavaliers connaissait les environs de Paris où ils pouvaient faire des reconnaissances ou servir de guides à des corps d'infanterie.

La légion comptait 600 chevaux environ, entretenus à grand peine depuis trois mois, à raison de la cherté des fourrages ; elle remplaçait avantageusement la garde municipale. Pourquoi alors avoir montré tant d'empressement à la supprimer ?

Je n'en suis pas à considérer la disparition de la garde nationale à cheval comme un malheur public, digne d'être mis en balance avec ceux que nous avons endurés depuis le siége. Mais je crains que M. le ministre de l'agriculture n'ait pas été bien inspiré en laissant la commission des subsistances maîtresse des destinées de la cavalerie de Paris.

On me dit que la question a été sévèrement tranchée par M. Cernuschi, qui peut être un économiste distingué, mais qui n'a pas assez perdu sa qualité d'Italien pour se mêler de nos affaires au point d'effacer l'initiative de notre ministre, dont il passe pour être le bras droit et même... le bras gauche !

« *C'était un mathématicien, ce fut un danseur !* » On reproche, — je n'en veux rien croire — à M. Cernuschi d'obéir à des raisons sans valeur en puisant à son gré dans les rangs de notre cavalerie.

M. Cernuschi se lève de bonne heure et se dit, penché sur son balcon : —*Le bruit des fiacres m'agace sous ma fenêtre...* ou : *Je n'aime pas l'uniforme de la garde nationale à cheval!* puis, sans plus de procès, il décrète : « Demain, on mangera les montures des cavaliers civiques, dont l'uniforme n'est pas de mon goût. »

Sur ce, la garde à cheval se voit privée de la moitié de son effectif, et le Général Clément Thomas écrit au Colonel :

« Au moment où le service de la légion de cavalerie de la garde nationale, etc., etc. »

Mais vous me direz : — Et le service d'estafettes ?

Adressez-vous à M. Cernuschi, qui administre à Paris, tandis que Garibaldi commande en province, et *vive l'Italie!*

MM. Trochu et Clément Thomas ont bien essayé de protester un instant, en risquant : — Mais vous nous bouleversez notre service d'estafettes ! Ne croyez-vous pas que dans les ambulances...?

A ces justes observations, la commission répond par l'offre d'une démission, et comme en ce moment suprême toute désorganisation présente un danger, nos gouvernants préfèrent subir les conséquences... d'une détestable organisation !

ROBERT MILTON.

A partir de ce moment la lutte est ouverte entre le Colonel de la Légion de cavalerie, qui fait des efforts désespérés pour conserver intacts nos escadrons, et M. Cernuschi qui veut arriver absolument à ses fins et emploie, à cet effet, toutes les ruses italiennes dont il est richement doué.

Le Gouverneur de Paris — qui n'a pas encore peur de 500 cadavres de chevaux, comme cela lui arrivera 15 jours plus tard, à Buzenval, pour 2,500 hommes hors de combat — cherche à ménager la chèvre et le chou. Il ne capitule pas encore tout à fait, mais il finit par appliquer le jugement de Salomon en ne laissant à la Légion d'abord que 100, puis 180 chevaux, c'est-à-dire (moins les chevaux de l'État-major) environ 45 chevaux par escadron !

Le général Trochu n'en veut pas rester là avec nous. Il nous doit bien quelques larmes de regret, et il n'y faillit pas en écrivant la lettre suivante au Commandant supérieur des Gardes nationales de la Seine :

GOUVERNEUR DE PARIS

ÉTAT-MAJOR GÉNÉRAL

Paris, le 12 Janvier 1871.

A Monsieur le Général commandant supérieur des Gardes nationales.

Mon cher Général,

Je regrette bien vivement que les nécessités de la situation imposent l'obligation d'enlever une partie des chevaux à la Garde nationale de Paris.

La première conséquence de cette mesure, qui se généralise dans notre cavalerie, et qui est devenue indispensable, est de me priver d'un poste de cavaliers qui ont fait auprès de moi le service d'estafettes et d'escorte avec un dévouement qui ne s'est pas démenti un instant.

J'ai eu à me louer des cavaliers et officiers qui les commandaient, et je vous prie de vouloir bien être mon interprète auprès du Colonel commandant la Légion, pour lui exprimer tout le regret que j'éprouve de ne plus avoir auprès de moi le poste qui m'a rendu de si grands services.

Recevez, mon cher général, l'assurance de mes sentiments affectueux.

Le Gouverneur de Paris,
Général Trochu.

Après avoir reçu cette lettre, le général Clément Thomas nous adresse l'Ordre suivant :

ORDRE.

Au moment où le service de la Légion de cavalerie de la Garde nationale est réduit, par suite de la réquisition de ses chevaux, le Général commandant supérieur tient à remercier, par la voie de l'Ordre, cette Légion du dévouement qu'elle a montré dans l'accomplissement de ses devoirs militaires depuis le commencement du siége.

Il lui rend cette justice qu'à toute heure du jour et de la nuit, il a trouvé prêts les cavaliers qui lui étaient nécessaires, et que les missions qui lui étaient confiées ont toujours été accomplies avec intelligence et promptitude.

Le Commandant supérieur est assuré que les cavaliers privés de leurs chevaux sauront rendre encore des services, et qu'armés du fusil comme leurs camarades de la Garde nationale à pied, ils concourront utilement et avec patriotisme à la défense de Paris.

Le Général commandant supérieur,
Clément Thomas.

Nous dirons ici, entre parenthèses, que le rédacteur de cet ordre ne fut autre que M. le Colonel d'État-major Ernault, commandant de la place de Paris pendant le siége. Lui, mieux que tout autre, savait à quoi s'en tenir sur le compte de la Légion, puisque le service d'estafettes de l'État-Major se faisait sous ses ordres. Par sa plume, les lignes qui précèdent n'étaient pas un vain compliment, elles étaient l'expression de la justice.

En donnant communication des deux lettres qu'on vient de lire à la Garde nationale à cheval, le Colonel de la Légion ajoutait :

La Légion de cavalerie verra dans ces deux communications la reconnaissance de ses bons et loyaux services depuis plus de cinq mois ; et si les tristes nécessités de l'alimentation l'obligent au pénible sacrifice de la majeure partie de ses chevaux, elle voudra encore prouver son dévouement à la Patrie en partageant avec ses camarades de l'infanterie le service des remparts ou des postes qui pourraient lui être confiés, jusqu'à ce que les circonstances lui permettent de reprendre son service à cheval.

Pour cela, le Colonel poursuit l'armement avec le fusil chassepot de tous les hommes à pied, et prescrit jusqu'à nouvel ordre des exercices *quotidiens* et *obligatoires* pour tout le monde.

Messieurs les Chefs d'Escadron sont invités à s'entendre avec MM. les Capitaines-adjudants-majors qui auront la direction exclusive de l'instruction, ainsi qu'avec MM. les Capitaines-commandants, pour fixer l'heure et le lieu de réunion de chaque Escadron, et s'assurer d'un nombre suffisant de sous-instructeurs pris parmi des sous-officiers ou gardes de la Légion capables de les seconder, ou parmi des sous-officiers de la Gendarmerie ou de l'armée.

Le Colonel compte sur le zèle, le bon esprit et le dévouement de tous ses Camarades, pour acquérir promptement l'instruction qui les mettra à même de prendre bientôt le nouveau service que réclame leur patriotisme.

Le Colonel,

E. QUICLET.

Nous avons à peine besoin de dire que ces communications furent accueillies avec une grande froideur par la Légion. Il fallut le bon esprit qui y régnait pour en accepter les conséquences sans murmurer. Elle dut se soumettre à la loi rigoureuse qui lui était faite, dans la conviction que le sacrifice qui lui était demandé permettrait à la Défense un jour de résistance de plus.

Elle reçut, le 12 Janvier, l'ordre de livrer ses chevaux, et douze jours après le Gouvernement de la Défense parlementait pour une armistice, peut-être même une capitulation !..

Beaucoup d'entre nous réussirent à conserver leurs chevaux d'une manière indirecte, en les faisant monter par des officiers qui avaient droit à un cheval, et ils firent bien, car nous avons la conviction que parmi nos chevaux livrés à M. Cernuschi *il n'y en a pas eu dix sur cent d'abattus pour la boucherie !*

En somme, tout cela n'a été ni très-honnête ni très-loyal, et cela rappelle assez bien — en petit, il est vrai — les tripotages sur les fournitures militaires dont nous entretient aujourd'hui la Chambre.

Voici probablement ce qui s'est passé : nos chevaux qui étaient à la fin du siége en fort bon état, grâce à ce que nous dépensions pour les nourrir, ont servi à la remonte de beaucoup d'officiers de l'armée qui venaient échanger leurs rosses contre nos bêtes.

Dès l'instant que l'on agissait de la sorte, on ne devait pas nous payer nos chevaux 8 à 900 francs, alors qu'ils en valaient 1500, 2000 et même beaucoup plus. On devait les estimer à leur véritable valeur et payer les rosses de l'armée leur vrai prix. Ce n'était pas plus difficile que cela d'être équitable.

Pendant que la plus grande partie de la Légion se mit à manœuvrer le chassepot, toute la partie restée montée eut un redoublement — nous employons ce terme faute d'un plus énergique — de service. Il fallut satisfaire l'État-major et les Secteurs avec le petit effectif qui restait, et le général Trochu qui, dans sa lettre au général Clément Thomas, faisait abandon de son poste d'estafettes, ne manqua pas de le réclamer le jour où on ne le lui fournit plus! La Légion lui pardonna sa faiblesse et lui envoya chaque jour son service, jusqu'au moment où pour ne pas capituler il quitta le poste de gouverneur.

Malgré ce surcroit de besogne, nos cavaliers se montrèrent infatigables, continuant à porter des ordres de tous les côtés, malgré le bombardement qui rendait très-souvent leur mission des plus périlleuses.

Lorsque l'armistice fut signé, le 29 Janvier, nos Gardes encore à cheval étaient toujours prêts à faire leur devoir, pendant que nos Gardes démontés avaient acquis une instruction suffisante du chassepot — grâce aux efforts des instructeurs — pour prendre le service que la Défense voudrait encore leur confier.

Ces derniers avaient perdu leurs chevaux, leur argent et leur temps!

APRÈS LA GUERRE

 ROP peu de récompenses à signaler pour la Légion de Cavalerie, à la suite de la campagne qui vient de se terminer ! Faut-il en reporter la cause sur sa fin douloureuse ? Nous aimons mieux le croire que si nous devions trouver la raison de cet oubli dans une sorte d'ingratitude un peu systématique.

Ce que nous savons, et ce que nous pouvons dire très-hardiment, c'est que les propositions de récompenses faites par le Colonel n'avaient que les proportions les plus équitables, et qu'elles ont abouti d'une manière qu'on peut au moins qualifier de mesquine, puisque, sur ces propositions, notre Légion n'a obtenu *qu'une seule croix de la Légion-d'honneur et seulement trois médailles militaires.*

Il serait peut-être intéressant de relever, en regard de ce résultat bien fâcheux, la proportion des récompenses obtenues dans toutes les branches de la défense de Paris ; mais personne, nous en sommes convaincu, ne pourra contester que notre Corps n'ait été, dans cette circonstance, beaucoup moins bien partagé que d'autres qui n'ont été ni plus dévoués ni plus exposés.

Voici comment se sont réparties les récompenses accordées à la Légion :

La croix de la Légion d'honneur a été attribuée à M. H. Vieillard, brigadier au 1ᵉʳ Escadron, blessé dans les circonstances que nous avons rappelées avec détails dans le chapitre intitulé *le mois d'Octobre*. Nous n'avons donc pas à y revenir.

Deux gardes du 2ᵉ Escadron, MM. Paul Aubry et Arthur Rocher se sont vu décerner la médaille militaire en récompense de leur belle conduite dans un des épisodes des batailles de Champigny. Si nous n'avons pas raconté ce fait dans le chapitre que nous avons réservé à ces affaires (dans lesquelles tant de gardes de la Légion de cavalerie se sont distingués et auraient mérité aussi plus que des éloges), nous l'avons au moins fait représenter par la gravure, en attendant que nous donnions ici le rapport qui en fut fait au Colonel, et qui justifiera pleinement la récompense accordée.

Voici ce rapport du Capitaine commandant le 2ᵉ Escadron :

Mon Colonel,

Vous savez que le service d'estafettes fait par notre Légion n'a pas été une sinécure. Non-seulement nos cavaliers ont eu à répondre à des convocations répétées, mais aussi à courir des dangers très-sérieux en portant des ordres jusqu'à nos premiers postes devant l'ennemi. La capture de notre brigadier Lalanne n'en est qu'une preuve plus sensible.

Personne dans mon Escadron n'a jamais reculé devant l'accomplissement des missions les plus dangereuses. Lorsqu'il s'est agi de remplir de nouveaux devoirs hors Paris, j'ai trouvé chacun prêt et les volontaires ont été toujours plus nombreux que les besoins du service ne l'exigeaient. C'est ainsi qu'à Champigny nos pelotons ont été nombreux et tout-à-fait à la hauteur des missions qui leur ont été confiées.

A ce sujet, je crois de mon devoir de vous signaler le fait suivant qui s'est produit le 2 Décembre au matin, lors de la surprise des Prussiens à Champigny.

Les gardes Aubry et Rocher, détachés au pont de Créteil, ont été chargés, dans un moment grave pour le succès de la journée, de requérir dans les environs des voitures pour aller chercher et amener des munitions destinées à alimenter une batterie volante placée en avant du pont, et dont le ravitaillement était des plus importants en raison de sa position extrêmement avantageuse.

Ces deux Gardes ont agi avec une initiative si heureuse et avec tant d'autorité, qu'ils ont réussi à réunir un convoi de voitures qu'ils ont fait charger de munitions à la Redoute de Saint-Maur. Ils l'ont ensuite dirigé, lui ont fait passer le pont de bateaux jeté sur la Marne, stimulant les conducteurs par leur exemple et leur énergie, et n'ont pas hésité à s'atteler aux fourgons pour leur faire remonter les bords escarpés de la rivière.

Ces Gardes ont dû faire plusieurs voyages sur ce pont rendu très-difficile aux chevaux par la gelée et le manque de parapets.

Après le passage de ce convoi sur la Marne, ces deux Gardes ont conduit les voitures à la batterie qui s'était portée en avant, et cela jusques sous le feu de l'ennemi.

Ils n'ont repris leur premier poste qu'après avoir remis ce convoi de munitions entre les mains du commandant de la batterie.

Voilà un fait qui prouve un grand sang-froid et un grand savoir-faire chez les Gardes

Aubry et Rocher, et qui doit vous être signalé pour le moment où l'onré compensera les services de la Garde nationale.

. . . . (1)

J'attire, en terminant, votre bonne attention sur les faits que je vous signale avec un légitime plaisir, et je vous prie, mon Colonel, de croire à mon entier dévouement,

HENRI FAROUX,

Capitaine commandant le 2ᵉ Escadron.

La troisième médaille militaire a été donnée à M. Charles Lecorbeiller, Maréchal-des-logis-Chef du 4ᵉ Escadron, membre de la Légion, dit le rapport sur son compte, depuis 1842, Maréchal-des-logis-fourrier en 1844 ; s'est distingué pour l'ordre en 1848, a été mis à l'ordre du jour à l'époque pour sa conduite ; est Maréchal-des-logis-Chef depuis 1852. M. Lecorbeiller, dit toujours le rapport, a refusé des grades plus élevés et a rendu, en raison de son énergie, de très-réels services dans ses importantes fonctions.

Nous devons ajouter que la médaille militaire donnée à notre cher camarade Lecorbeiller nous a tous étonnés. Nous avions pensé, et le rapport aussi (on voit que nous sommes bien informés), que la croix d'honneur aurait récompensé les trente années de services du doyen — très-jeune encore cependant — des Maréchaux-des-logis-Chefs de la Légion de cavalerie.

A ces récompenses accordées dans la Légion sur le nombre de celles demandées par le Colonel, le Gouvernement en a ajouté une seule, en élevant notre Colonel au grade d'officier de la Légion d'honneur. C'était bien le moins qu'il pouvait faire pour la Légion de cavalerie tout entière, et il s'est contenté de faire le moins.

Dans ces derniers temps, on nous avait fait espérer que d'autres récompenses seraient venues s'ajouter aux rares lauriers cueillis par notre Corps ; mais l'*Officiel* reste toujours muet, et nous le regrettons, car nous aurions désiré ajouter quelques lignes à cette trop petite feuille d'honneur.

⁎

Si les membres de la Légion de cavalerie qui sont restés à leur

---

(1) Nous croyons inutile de reproduire la suite de ce rapport, qui parle de la belle conduite d'autres gardes qui n'ont pas obtenu de récompenses.

corps pendant toute la durée du siége ont été peu récompensés, par contre, presque tous ceux qui l'ont quitté, à notre connaissance, ont été décorés ou médaillés. N'est-ce pas assez significatif, et n'avons-nous pas le droit de tirer de cet argument la preuve que nous avons trouvé peu d'appui auprès de ceux qui nous écrivaient de belles lettres pourtant, mais qui nous auront cru probablement assez récompensés par leurs autographes ?

Des exemples maintenant :

Notre camarade Edmond Lambert-Thiboust, du 2ᵉ Escadron, veut goûter du corps-franc et passe aux *Volontaires de la France ;* puis il entre comme adjudant-sous-officier aux compagnies de marche de la Légion de Seine-et-Oise, à titre d'habitant de Versailles réfugié à Paris. Il a la chance de se faire remarquer sans montrer plus de zèle cependant qu'il n'en avait chez nous. Pendant la Commune, il aide à la réorganisation nouvelle de cette Légion, il se signale de nouveau et est décoré de la Légion d'honneur.

M. le comte de Larret de Follenay, encore un de nos camarades du 2ᵉ Escadron, tout en restant sur nos contrôles, est provisoirement détaché comme lieutenant officier d'ordonnance au 11ᵉ régiment de Paris près du lieutenant-colonel C. Duval, et continue de porter notre uniforme. Son service est également remarqué aux avant-postes et, le 19 Janvier, son régiment et le 4ᵉ zouaves donnaient trois assauts aux mêmes positions de Buzenval, sur lesquels seuls ils couchaient, alors que les autres corps avaient battu en retraite. Notre camarade, légèrement blessé par un éclat d'obus en portant un ordre, est décoré de la Légion d'honneur.

Deux autres encore de nos camarades du 2ᵉ Escadron, désireux de tenter la fortune des armes, alors que la Légion n'avait pas encore fait de service extérieur, nous quittent. L'un, M. Isoard, s'engage dans l'escadron des *Éclaireurs Franchetti,* puis en sort bientôt pour être nommé lieutenant officier d'ordonnance du lieutenant-colonel de Narcillac, commandant l'un des régiments de Paris, et M. Khan, nommé trésorier-payeur d'un corps-franc, obtiennent tous les deux la médaille militaire après avoir trouvé l'occasion de se signaler à Buzenval.

Sur cinq gardes du 2ᵉ Escadron qui ont quitté la Légion, soit à la fin du mois de Novembre, soit au milieu du mois de Décembre, quatre ont obtenu des récompenses, et nous ne croyons pas être injuste en disant que nos anciens camarades n'ont certainement pas plus fait que beaucoup de ceux qui sont restés attachés à la Légion et ont fait le service soit à Champigny, soit pendant le bombardement.

M. Briguiboul, du 3ᵉ Escadron, également sorti de la Légion pour remplir le poste d'officier d'ordonnance auprès du lieutenant-colonel d'un régiment de Paris, fut deux fois blessé au bras et eut son cheval tué sous lui à la Gare-aux-Bœufs. Sa belle conduite lui fit décerner la croix d'honneur.

Nous ne savons si des faits semblables se sont produits dans d'autres escadrons; mais nous avons cru qu'il était intéressant de signaler ceux que nous connaissions.

Un peu plus loin nous trouverons encore l'occasion de faire connaître des récompenses obtenues par quelques-uns de nos officiers, en raison de leur conduite lorsqu'ils combattirent contre la Commune; mais ces décorations n'ont rien à faire avec celles que ces mêmes officiers et d'autres de nos chefs et gardes de la Légion avaient certainement méritées pendant le premier siége.

On dira peut-être que nous prenons les choses par leur petit côté; mais nous ne pouvons nous empêcher de croire que si l'on a été si parcimonieux avec la Légion de cavalerie, cela tient à ce que les nominations étant faites par le ministère de la guerre, la pension s'y trouvait attachée. On donnait ainsi *l'honneur et l'argent*. Puisque l'on ne voulait pas trop dépenser, pourquoi les nominations destinées à la Garde nationale ne passaient-elles pas par les mains du ministère de l'intérieur qui, d'habitude, ne donnait que des récompenses honorifiques. Cela eût permis de faire les choses avec plus de largesse et de justice.

*
* *

Nous croyons maintenant le moment arrivé de voir ce que le siége de Paris a coûté à la Légion de cavalerie et de dire, par

8

contre, ce que notre Corps a causé de dépenses à la Défense nationale. Les bons comptes, dit-on, font les bons amis, et rien n'est
intéressant d'ailleurs comme l'éloquence des chiffres.

Commençons par le *Doit* avant d'aborder l'*Avoir*.

En calculant sur un service moyen de 125 chevaux par jour
fournis par la Légion, il n'y en avait guère plus de 100 nourris
par les rations que l'administration avait à assez bon compte.
En mettant ces rations à 5 francs par jour et par cheval, c'est une
somme de 500 francs, soit pour 133 jours de siége une somme
de . . . . 66,500 fr.

Frais divers. . . . . 2,500 »

L'État a dû rembourser 400 fr. à M. le brigadier
Vieillard pour son cheval tué. . . . .   400 »

Autant au brigadier Lalanne pour l'indemniser (?) de
son cheval capturé avec lui . . . .   400 »

C'est, en chiffres ronds, 70,000 francs, et nous croyons ce total
plein d'exagération.

Voyons maintenant ce que la Légion a dépensé pour fournir
gratuitement ses chevaux au Gouvernement :

Si l'on retire, des 700 chevaux de la Légion, les 100 qui sont
nourris tous les jours par ce que nous appelions l'*avoine officielle*,
il en reste 600. Le ministère du commerce, puis le ministère de
la guerre ont bien fini par nous *revendre* quelques centaines
de sacs d'avoine pas très-cher — d'assez mauvaise qualité du
reste ; — mais nos bêtes, qui n'auraient pu être suffisamment
nourries tous les jours avec la ration très-maigre donnée dans
les postes, nous coûtaient *au moins* 10 francs par jour, car nous
avons dû payer l'avoine convenable jusqu'à 125 francs le sac de
150 litres, et le fourrage était à un prix insensé. Pour 600 chevaux, c'est 6,000 francs par jour, soit pour 133 jours de siége
800,000 francs !

Nous prenons cette moyenne de 133 jours, car si la Légion
n'a plus eu à nourrir tous ses chevaux après la réquisition qui
a été faite au milieu de Janvier, elle les nourrissait pour le service public avant le 18 Septembre, date du blocus effectif.

Il convient d'ajouter que la réquisition des chevaux, qui étaient

la propriété personnelle des membres de la Légion, lui a causé
une perte matérielle qu'il est difficile d'apprécier bien au juste.
Cependant, on peut dire que le prix de 2 francs le kilog., donné
pour les 250 ou 300 chevaux livrés, a mis en perte les membres
de la Légion de plus de 250,000 francs, et ce n'est certes pas beaucoup que d'estimer la perte à 500 francs par cheval.

Sans forcer beaucoup les chiffres de part et d'autre, nous
arrivons à cette conclusion que si notre Corps a coûté une somme
ronde de

$$70,000 \ francs,$$

le siége a coûté à la Légion la bagatelle

d'Un Million !

rien que par le fait de ses chevaux, sans compter que tout le
monde était habillé, équipé, armé même à ses frais, ce qui ne
coûtait pas moins de 500 à 600 francs par cavalier.

Nous serions curieux de savoir quel autre Corps a fait de
pareils sacrifices?

Aussi, lorsque nous mettons en regard des services que la Légion a rendus les récompenses qui lui ont été accordées, nous
avons bien le droit de dire que la générosité n'a pas été du côté
où elle aurait dû se trouver.

* * *

Si pendant le siége de Paris les partisans — de la main gauche
et de la main droite — de la Commune ont jeté tout le discrédit
possible sur la Légion, s'ils ont même poussé aux mesures vexa-
toires et inutiles contre elle, lorsque cette Commune a pu escala-
der le pouvoir pendant deux mois, grâce à un ensemble de circonstances fatales, ses partisans n'ont pas manqué de se rappeler
ses services antérieurs et ont osé lui demander son concours !
Convoqués d'abord dans des termes polis, notre indifférence n'a
pas manqué d'amener la menace contre nous. Nous avons le regret
de le dire, mais quelques-uns de nos camarades n'ont pas craint
de souiller notre costume en le mettant au service des criminels

de l'Hôtel-de-Ville! Leur nombre a été heureusement si petit et leur personnalité de si mince valeur, que ces égarés doivent être aujourd'hui assez punis par la honte de leur conduite.

L'attitude d'un grand nombre de membres de la Légion, au commencement de cette Commune, aurait dû cependant éclairer ces insensés qui auront eu, sans doute aussi, la fièvre du galon. Dès le 18 Mars, les Gardes nationaux à cheval avaient tenté — sur une convocation de leurs chefs — de se réunir place Vendôme, pour s'opposer au mouvement insurrectionnel. Malheureusement, cavaliers et fantassins (car nombre d'entre nous n'avaient plus leur cheval) arrivant individuellement furent ou désarmés ou poursuivis par les insurgés, qui se préparaient déjà à installer leur quartier-général à l'État-Major de la Garde nationale.

Plusieurs des nôtres se conduisirent fort honorablement dans cette circonstance. Nous ne pouvons même résister au plaisir de citer le fait suivant :

Le Maréchal-des-logis-Chef du 1er Escadron, notre cher collègue Berthaudin — celui-là même qui mérita plus tard le titre de : *le Ducatel de la rue Royale* (voir le *Figaro* des 19 et 20 Septembre 1871), eut l'audace, en retournant chez lui, de dégainer et de disperser *à lui tout seul* plus de 200 soldats passés à l'insurrection, au moment où ils s'engageaient de la rue de Rivoli dans la rue Castiglione.

N'est-ce pas un véritable acte d'héroïsme ?

Quelques jours plus tard, lorsque les bataillons de l'ordre se groupèrent à la mairie de la Bourse, au Grand-Hôtel et à la gare Saint-Lazare, de nombreux gardes de la Légion de cavalerie se joignirent, sur la recommandation de notre Lieutenant-colonel, aux bataillons de leur quartier. C'est ainsi que notre uniforme se montra partout où la cause de l'ordre pouvait être défendue.

Le samedi 25 Mars, une vingtaine d'officiers, de sous-officiers et de gardes de la Légion s'étaient joints à la 8e compagnie du 8e Bataillon, place de la Bourse. Cette compagnie fut désignée pour occuper l'intérieur de la Banque de France. Là, à titre de volontaires, les nôtres furent chargés de la défense de la nouvelle porte faisant face à la rue Coquillière, la seule attaquable par le canon. Les délégués de la Commune, au moment de notre entrée, venaient de se voir refuser un ou deux millions qu'ils voulaient réquisitionner pour la solde des forces insurrectionnelles. En partant, ces derniers avaient eu la gracieuseté de prévenir qu'ils comptaient revenir en forces dans la journée. On savait ce que cela voulait dire après la fusillade de la rue de la Paix! Prévenus de leurs desseins, chacun de nous se mit bientôt à l'œuvre pour préparer une résistance énergique. Poutres, briques, pierres de taille, qui se trouvaient en abondance en raison des travaux qui se faisaient à la Banque, furent utilisées de notre mieux. Encouragés par le commandant militaire de la Banque, et conseillés par un officier d'artillerie, nous devînmes des barricadiers de première force. Nous étions au plus fort de nos travaux lorsque notre Lieutenant-colonel, qui avait appris qu'un détachement de notre Corps était à la Banque, s'empressa de venir nous remercier de notre attitude. Il avait positivement les larmes aux yeux en nous félicitant.

, On sait ce qui se passa ensuite. L'amiral Saisset, en se retirant, détruisit le foyer de la résistance contre l'insurrection, et dès le soir même tous les bataillons de l'ordre se dispersaient pour procéder le lendemain à la comédie des élections de la Commune. La 8ᵉ compagnie (capitaine Franck) du 8ᵉ Bataillon et les volontaires de la Légion de cavalerie continuèrent seuls, avec le bataillon de la Banque, à garder notre premier établissement financier jusqu'au lendemain matin.

Messieurs de la Commune n'avaient pas attaqué. On leur ménageait cependant une bien jolie réception....

A partir de ce moment, plusieurs membres de la Légion de cavalerie quittèrent Paris et allèrent offrir leurs services à Versailles. Ils y rencontrèrent si peu d'empressement que peu d'entre eux y furent utilisés. Un de nos officiers, M. le Sous-lieutenant J. Cahen, du 2ᵉ Escadron, obtint de remplir le poste d'officier d'ordonnance d'un de nos généraux et suivit toutes les opérations de l'armée. Au moment de l'entrée dans Paris il fut frappé par une balle près de l'œil droit. Malgré une terrible blessure, il fut assez heureux pour se rétablir encore promptement, grâce aux soins qu'il reçut dans l'ambulance de l'École de Saint-Cyr, où il avait été transporté.

La croix de la Légion d'honneur est venue récompenser son mâle courage. La Légion de cavalerie sera heureuse de l'apprendre.

*
* *

Pendant que les forces de l'armée de la France entraient enfin dans Paris, le Chef des 1er et 2e Escadrons de la Légion de cavalerie, M. le Commandant Durouchoux, organisait dans son quartier la contre-résistance contre les insurgés et les incendiaires. Il avait été nommé (*à titre provisoire seulement*, il l'avait expressément désiré) Lieutenant-colonel des gardes nationales de l'ordre du 7e arrondissement.

Secondé par son fils, M. Louis Durouchoux, sous-lieutenant au 1er Escadron, son officier d'ordonnance, et par une poignée d'hommes courageux, il s'empara, les armes à la main, de plusieurs barricades élevées par les insurgés. Il sauva ainsi héroïquement une grande partie du quartier du Bac.

Au milieu de la lutte, une balle vint le frapper. On dut le transporter chez lui, pendant que son digne fils, qui le remplaçait désormais dans son commandement, put maintenir la contre-résistance jusqu'au moment où l'armée vint lui tendre la main, c'est-à-dire après trois journées de lutte !

Aussitôt que l'héroïque conduite de notre Commandant fut connue à Versailles, le Ministre de la Guerre chargea notre Colonel de lui apporter sur son lit de douleur la croix de la Légion d'honneur.

Tout faisait croire à la famille et aux nombreux amis et admirateurs de M. Durouchoux que sa blessure ne tarderait pas à se cicatriser. Sa grande énergie physique et sa belle santé rassuraient tout le monde. Hélas ! le climat de Paris amena des complications terribles, et la science ne put le conserver à l'affection des siens et de tous ceux qui l'avaient connu, c'est-à-dire aimé !

Ce fut un deuil immense pour son quartier, et c'est aussi un deuil pour toute la Légion de cavalerie dont il a honoré l'uniforme jusqu'à sa glorieuse mort, car sa bienveillante autorité y avait conquis tous les cœurs.

Au moment où nous retraçons les douloureuses circonstances qui nous ont enlevé un officier dont la mémoire nous est bien chère, nous nous rappelons encore l'insistance du Commandant Durouchoux, dans une des réunions quotidiennes que l'on appelait l'Ordre, à vouloir faire armer la Légion de cavalerie, alors en partie démontée, du fusil chassepot de préférence à toute autre arme. Il voulait surtout que le sabre-baïonnette fût donné avec le fusil, et il disait

Le Commandant Durouchoux, Chef des 1ᵉʳ et 2ᵉ Escadrons.

alors — nous l'entendons encore — : « Rappelez-vous, Messieurs, que nous aurons besoin de ces fusils plus tard dans la rue. Il nous faudra défendre nos familles et nos maisons contre Belleville!... »

Ce n'était pas un vain pressentiment.

Le Commandant Durouchoux était un des membres les plus anciens de la Légion de cavalerie, et il y avait successivement gagné tous ses grades, comme on peut le voir par ses états de services :

Entré comme garde en 1842 ou 1843, il était brigadier en 1848, maréchal-des-logis le 23 Avril 1849, sous-lieutenant le 29 Janvier 1853, lieutenant le 17 Mai 1856, capitaine commandant le 1ᵉʳ Escadron le 14 Août 1862, réélu avec ce grade aux élections du 7 Septembre 1870, et enfin élu Chef des 1ᵉʳ et 2ᵉ Escadrons le 10 Septembre.

A l'entrée du siége, le Commandant Durouchoux était plus particulièrement connu par le 1ᵉʳ Escadron où il avait été inscrit. Le 2ᵉ Escadron, qu'il avait aussi sous son commandement depuis sa nomination au grade de chef d'escadron, apprit bientôt aussi à le connaître, et il y conquit bien vite l'affection de tous à la suite des diverses petites réélections qu'il présidait avec un tact, une sagesse et des idées de conciliation qui furent goûtés au-delà de toute expression. Ces sentiments se traduisirent par un fait, dans un jour de douleur pour notre digne Chef, lorsque, le 2 Janvier, il dut conduire à sa dernière demeure son jeune neveu, garde mobile de la Seine, qui avait trouvé une mort glorieuse au plateau d'Avron, alors que des études brillantes l'avaient préparé à une carrière des plus brillantes. Le 2ᵉ Escadron, à cette nouvelle, voulut témoigner de ses sentiments à M. Durouchoux en se faisant représenter par un officier ayant un peloton en armes sous ses ordres pour rendre les honneurs militaires à son infortuné parent, que lui-même accompagna en tenue de commandant.

Les cendres de notre cher et héroïque Commandant reposent en paix aujourd'hui auprès de celui dont nous l'avions aidé à regretter la perte. Sa tombe — une des premières de celles qui se trouvent à droite à l'entrée du cimetière Montparnasse — sera longtemps saluée par les membres de la Légion de cavalerie que quelque douleur appellera dans cette nécropole.

Puissent nos regrets alléger la pieuse et immense douleur de son fils, notre bien cher camarade! Lui aussi il avait mérité la croix des braves, et c'est avec une joie bien sincère que nous avons vu sa nomination de chevalier de la Légion-d'honneur.

LES OFFICIERS

DE LA LÉGION DE CAVALERIE

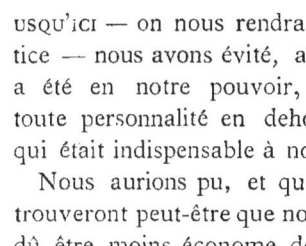

USQU'ICI — on nous rendra cette justice — nous avons évité, autant qu'il
a été en notre pouvoir, d'aborder
toute personnalité en dehors de ce
qui était indispensable à notre récit.

Nous aurions pu, et quelques-uns
trouveront peut-être que nous aurions
dû être moins économe de citations
nominatives dans ce livre qui était surtout destiné à rappeler à nos camarades bien des circonstances dans lesquelles se sont signalés beaucoup d'entre eux.

Il nous aurait été très-facile de faire ressortir
la belle conduite d'un très-grand nombre de
gardes de la Légion, car, Dieu merci, l'énergie
n'a pas manqué à notre Corps pendant ce long et douloureux siége.

Deux raisons principales ont dicté notre réserve à
cet égard.

D'abord, il nous a semblé que nous aurions pris
un rôle d'appréciation qui n'appartient pas aux très-
modestes fonctions que nous avons remplies dans un
des escadrons de la Légion. Si ces fonctions nous
ont permis et obligé même d'être à peu près au courant de ce
qui avait pu se passer, et par conséquent de nous mettre à même

de rassembler ces notes, elles ne nous attribuaient aucune préro-
gative pour juger les autres.

Ensuite, nous avons été surtout retenu par la crainte d'o-
mettre un seul nom méritant. Un *lapsus* unique nous enlèverait
le plaisir très-réel que nous avons eu à faire part à tous de nos
impressions et de nos souvenirs. Nous avons d'ailleurs présent à la
mémoire le touchant récit que fait H. Murger dans un de ses livres :

« A la fin d'une bataille qui avait été meurtrière, un soldat retrou-
« vait un frère d'armes qu'il avait perdu dans la mêlée; encore ému
« par le péril qu'il avait couru, fier d'une blessure qu'il avait reçue
« devant ses chefs, il disait à son camarade :

« — Tu ne t'es donc pas battu? nous ne t'avons pas vu au feu.

« — J'étais dans la fumée, répondit l'autre, et, montrant un grand
« trou dans sa poitrine, il étendit les mains, ferma les yeux et
« tomba ! »

Combien en est-il ainsi, de héros anonymes, qui ont fait souvent
plus que leur devoir dans la fumée de la bataille, c'est-à-dire sans
que personne n'ait pu les voir et signaler leur belle et noble conduite.

Ceci bien établi, nous ajouterons que nous n'aurions même pas
écrit ce chapitre si la Légion de cavalerie, entraînée par la dé-
bâcle de la Garde nationale, avait survécu — comme elle le méritait cependant — à des événements aussi graves que malheureux.

Aujourd'hui que le pouvoir a jugé utile de se priver du concours
des bons à cause des crimes des mauvais, et que les seuls liens
qui peuvent nous unir encore se bornent aux relations du monde
et — qu'on nous permette de l'espérer — aux souvenirs de la Légion qui se trouvent maintenant avoir un corps, nous croyons
que l'on nous saura gré de donner à nos officiers une preuve de
l'attachement que nous avons tous eu pour eux. Cet attachement
est d'autant plus sincère, et nos regrets de ne plus être sous leurs
ordres est d'autant plus vif, qu'ils étaient devenus nos chefs par
notre propre choix.

Enfin, il n'est pas mauvais que l'on sache — pièces à l'appui
— que la Légion de cavalerie, en se donnant des chefs, n'a pas
cherché à faire de la politique, et qu'à de très-rares exceptions

près, elle n'a mis sa confiance que dans des hommes qui avaient déjà fait leurs preuves dans la Légion elle-même.

Voici d'abord un article que *le Gaulois* a consacré à la Garde nationale à cheval. Il est aussi galamment écrit que savent le faire les écrivains qui ne cherchent point leur esprit dans le scandale, toujours fait aux depens des hommes et des institutions les plus respectables. Nous aimons d'autant plus à le reproduire ici, qu'il est écrit avec l'expression honnête d'un journal qui ne l'a évidemment publié que pour intéresser ses lecteurs et non pour flatter qui que ce soit, et qu'ensuite il dit, beaucoup mieux que nous ne le saurions faire, le bien que nous pensons de nos officiers.

LA GARDE NATIONALE A CHEVAL

Ce n'est point, comme d'aucuns se le figurent, une création nouvelle.

La Garde nationale à cheval existait depuis longtemps, mais elle agonisait sous ses brandebourgs, quand la guerre est venue la ressusciter, quand le siége de Paris en a fait une brillante et utile Légion.

Sous le règne du bon roi Louis-Philippe, elle piaffa bourgeoisement et à ses petites heures.

A ses schapska débonnaires était confiée l'escorte du roi. Mais combien il arriva que le carosse royal chemina tout-à-fait seul.

Les fameux brandebourgs étaient restés dans l'armoire et l'escorte au ratelier. Le roi ne s'en plaignit jamais.

* *
*

L'empire, qui chevauchait entre ses cent-gardes, dédaigna la Garde nationale à cheval. Je ne dis pas que c'est là ce qui l'a perdu. Mais il traita beaucoup trop par dessus la jambe ces cavaliers-citoyens.

La Légion de cavalerie n'existait guère que sur le papier, ce qui est peu formidable, et c'est à peine si tous les deux ou trois ans, à l'occasion de quelque grande revue, on lui envoyait un ordre de service.

— Tiens ! s'écriait le garde à cheval, il paraît que je suis convoqué ! mon escadron existe donc encore ?

Et c'est avec une joie des plus imprévues qu'il endossait son uniforme. Mais il se rencontrait souvent que le cavalier, ayant maigri ou grossi, ne pouvait parvenir à s'entendre avec son uniforme, et c'est ainsi que je connais un garde condamné pendant dix-huit ans à ne pas mettre le pied à l'étrier.

* *
*

Quant au Parisien, rien ne l'étonnait plus qu'un garde national à cheval:

— Quel est cet uniforme, se demandait-il invariablement ? C'est un Hongrois, sans doute ; peut-être un Autrichien...

Et pourtant la Garde nationale à cheval est un privilége de la capitale. Peu de villes ont leurs cavaliers-citoyens. Au jour de l'investissement, cette Légion a tressailli ; elle s'est empressée de reconstituer son personnel et ses cadres, elle a mis son képi sur l'oreille ; elle a éperonné son cheval de bataille ; elle s'est faite vivante et ardente.

Elle a vu, elle a senti que, se trouvant composée de jeunes hommes actifs et rompus aux exercices de l'équitation, il lui était donné de remplir un rôle des plus utiles.

C'est, en effet, un auxiliaire précieux et tout trouvé pour les états-majors. Chaque garde est Parisien, connaît familièrement les environs de la ville, peut donner des renseignements infaillibles, servir de guide. On commence à s'en convaincre, et le voilà mis en mesure de rendre de réels services.

***

La Légion de cavalerie parisienne est composée de sept cents chevaux, répartis en quatre escadrons.

Une particularité à noter, c'est que chaque escadron a sa physionomie propre et porte comme son estampille sur la selle.

Ainsi, le premier escadron représente le quartier des Champs-Elysées : de jeunes chevaux à peine dressés, des conscrits pleins d'ardeur et de feu ; des cavaliers consommés, sportsmen par goût ou par état, ayant aujourd'hui pour manége la plaine ou la grand'route qui mène aux avant-postes.

Le deuxième escadron, c'est la Chaussée-d'Antin : des chevaux de luxe et des gentlemen pour cavaliers ; le tout, fringant, brillant et brave. On ne fait plus le tour du Bois, mais le tour des remparts, et l'on pousse une pointe jusqu'à la grande Cascade. . de Saint-Cloud.

La Bourse et le Palais-Royal ont formé le troisième escadron : de sérieux cavaliers montant solidement de solides chevaux. On ne bronche pas. C'est comme dans les affaires.

Enfin, le quatrième escadron est formé par les boulevards du Prince-Eugène et du Temple : plus d'ardeur peut-être que d'élégance, mais des cavaliers et des chevaux, je vous assure, qui ne redoutent ni la froidure, ni le vent des nuits passés au piquet.

***

La Légion de cavalerie a pour commandant M. le colonel Quiclet. C'est un des plus anciens membres de la Légion, dont il a successivement parcouru tous les grades.

Il serait difficile de porter avec plus de distinction l'aigrette blanche et les ornements de ce brillant uniforme.

Le colonel est d'une haute et élégante taille, avec une très-belle tête, une barbe blonde, de grands yeux bleus et doux, une affabilité sans égale et de grandes manières : un pur gentleman.

Il ne connaît qu'une chose, les intérêts de sa Légion, et ne reçoit aucune réclamation sans en contrôler lui-même la justesse.

M. Quiclet est ensuite parfaitement secondé par le lieutenant-colonel de la Légion, M. Boutet.

La Garde à cheval a deux chefs d'escadrons. M. Durouchoux, qui commande le premier et le second escadrons, est une figure toute militaire, vive, franche, énergique, des moustaches rudes et grises, un regard fixe et une voix faite pour commander. De la rondeur, mais de la discipline.

Son collègue du troisième et quatrième escadrons est un parfait homme du monde, à la moustache et aux favoris blonds, à la physionomie bienveillante, mais cachant sous cette douceur et ces façons charmantes une énergie peu commune.

Immédiatement après viennent les capitaines-adjudants, MM. Picard et Verrat, anciens officiers de cavalerie, puis huit capitaines : MM. de Monnecove et de Sanges, monté sur un magnifique cheval égyptien ; M. Lafitte et M. Faroux, qui semble être entré dans la garde à cheval pour se trouver plus vite en face de l'ennemi ; MM. Féliker et Demonts. M. Demonts, le plus beau des notaires et qui marie agréablement la cravate blanche au brandebourg ; enfin M. Goffinon et M. Durenne, le grand fondeur, dont l'usine fabrique des canons tandis qu'il commande ses cavaliers.

***

Chaque jour, un ou deux escadrons de la Garde nationale à cheval sont de service et à la disposition du Gouverneur de Paris.

Tantôt on les répartit dans les différents secteurs et les forts ; tantôt on les détache au dehors par groupes de quarante chevaux sur les points où des attaques et des reconnaissances peuvent rendre nécessaire un service supplémentaire de cavaliers.

C'est dans une reconnaissance qu'au début du siége de Paris M. le brigadier Vieillard, accompagnant un officier d'état-major, eut un cheval tué sous lui et fut lui-même atteint d'une balle qui lui traversa le bras.

Tout dernièrement, au milieu de nos glorieuses sorties, M. Lalanne, le sympathique chef de manége, fut envoyé de Vincennes à Champigny et disparut, sans qu'on put savoir s'il avait été tué, blessé ou fait prisonnier.

Un journal de ce matin nous annonce que M. Lalanne a donné de ses nouvelles. Il a été fait prisonnier par les Prussiens.

*
* *

D'autres gardes ont été affectés à divers services. Je ne saurais oublier que, lorsque j'allai visiter le sixième Secteur, j'y rencontrai trois jeunes gens bien connus qui ont, de la meilleure grâce, complété mes renseignements. Ce sont : M. Brodin-Collet, un vrai Breton doublé d'un économiste et d'un administrateur distingué ; M. de Bonneville de Marsangy, qui a su se faire un nom dans la presse et au barreau (le *Gaulois* doit trop au talent de l'avocat et de l'écrivain pour se permettre son éloge) ; M. le comte Grégoire de Potocki, de grande race polonaise, vrai type de gentilhomme, aussi charitable que modeste. Il ne lui a pas suffi d'ouvrir l'ambulance de son riche hôtel à de nombreux blessés, il a voulu concourir de sa personne à la défense de Paris.

Depuis trois mois, ces jeunes et élégants cavaliers sont attachés au Secteur de l'amiral Fleuriot de Langle, et rivalisent de zèle pour transmettre les ordres de l'état-major au quartier-général, et du quartier-général aux avant postes.

*
* *

La Légion de cavalerie parisienne vient d'organiser un escadron de guerre tout prêt à entrer en campagne et déjà impatient d'avoir sa part de périls et de gloire.

On peut être sûr d'avance qu'il tiendra vaillamment sa place, qu'il remplira son rôle avec honneur, zèle et dévouement.

FULBERT DUMONTEIL.

*
* *

Le lendemain, le *Gaulois* ajoutait les lignes suivantes :

Dans l'article que notre collaborateur F. Dumonteil consacrait hier à la Garde nationale à cheval, un oubli du compositeur a laissé sur le marbre les noms de MM. S. Moreau et Gouges qui sont : le premier, chef des 3ᵉ et 4ᵉ escadrons ; le second, capitaine-adjudant-major.

Nous rectifions avec empressement.

*
* *

Monsieur le Colonel Quiclet est bien, comme le disait l'historiographe du *Gaulois*, un des plus anciens membres de la Légion de cavalerie. Les livres matricules de notre Corps ayant été détruits en 1848 par les avant-coureurs de la Commune de 1871, nous n'avons pu remonter à la source même de son inscription ; mais, pour notre Colonel, comme pour beaucoup de nos officiers, nous avons presque toujours pu retrouver les dates qui nous intéressaient. Ainsi, nous lisons dans un ordre du jour (du 20 Décembre 1869), dans lequel le Colonel annonçait sa promotion à ce grade, la phrase suivante :

« Depuis bientôt trente années que je suis dans les rangs de la « Légion, j'y ai occupé successivement *tous les grades*, etc. »

Le 7 Avril 1848, nous trouvons M. Quiclet Lieutenant en 2ᵉ au 1ᵉʳ Escadron ; le 17 Novembre 1852, il est nommé Capitaine commandant le 1ᵉʳ Escadron ; le 14 Août 1862, il devient Chef des 1ᵉʳ et 2ᵉ Escadrons ; le 31 Juillet 1865, il est promu Lieutenant-Colonel ; le 12 Août 1866, il est nommé chevalier de la Légion d'honneur, et enfin, le 15 Décembre 1869, Colonel de la Légion de cavalerie, en remplacement de M. Lacroix de Saint-Pierre, que ses fonctions de député retenaient au Corps législatif.

M. Quiclet a été maintenu à son poste de Colonel par les élections de Septembre 1870.

Pendant le siége, notre Colonel a eu une lourde tâche à remplir, et l'on peut dire qu'il n'a pas eu un jour de repos. La Légion l'a vu chaque matin à la prise du service, où il a toujours veillé à la formation des postes, comme aurait pu le faire un adjudant-major. On le retrouvait un peu plus tard à l'Ordre, réunion qui rassemblait chaque jour le Colonel, le Lieutenant-Colonel, le Major, les deux Chefs d'Escadrons, les trois Capitaines adjudants-majors, les quatre Capitaines-commandants et les quatre Maréchaux-des-logis-Chefs. C'est là que se discutaient toutes les mesures qui intéressaient la Légion. Notre Colonel avait ensuite à présider un des Conseils de guerre, à visiter nos différents postes, et à voir presque chaque jour le Gouverneur de Paris et le Général commandant la Garde nationale.

Nous savons que notre Colonel n'a pas toujours rencontré le succès dans toutes les tentatives qu'il a faites pour donner à la Légion les occasions de se signaler qu'elle réclamait de lui ; mais nous avons été trop souvent témoin de ses efforts pour ne pas dire qu'ils ne se sont jamais refroidis devant la tiédeur avec laquelle on accueillait parfois les offres de service qu'il faisait en notre nom.

Dans tous les cas, il n'a jamais permis qu'on employât la Légion à des missions qui auraient répugné à ses sentiments, comme, par exemple, celles des escortes qu'on voulait lui imposer au début du siége.

Enfin nous devons dire que si la mesure de la réquisition des chevaux n'a pas été générale dans la Légion, c'est à notre Colonel que

M. le Colonel Quiclet.

nous le devons. Il n'a plié que devant des ordres formels qu'il a su faire adoucir cependant en faisant maintenir à la Légion environ un tiers de l'effectif de ses chevaux, alors que tous étaient condamnés à disparaître sous les coups d'un Italien devenu Français pour introduire dans notre pays de loyauté le système des dénonciations payées, c'est-à-dire ce qu'il y a de plus... triste au monde !

Maintenant, il faut reconnaître qu'il n'a pas toujours été facile de contenter tout le monde, même dans la Légion de cavalerie. Si nous en avons eu quelques preuves, notre Colonel doit en avoir eu plein les mains ! Les utiles exemples de fermeté qu'il a donnés en plusieurs circonstances, soit dans la Légion même, soit comme président d'un

Conseil de guerre, lui ont valu des inimitiés qui se sont fait jour jusque sous la Commune. Heureusement qu'elles n'ont pas eu de consé- quences fâcheuses.

*
* *

Notre Lieutenant-Colonel, M. Boutet, est encore un de ceux qui ont échappé par miracle aux poursuites des assassins des ôtages. Il faut

M. le Lieutenant-Colonel Boutet.

croire qu'il avait de bien mauvaises notes auprès des partisans de la Commune ! Nous le croirions assez après les efforts qu'il a faits au début de l'insurrection pour organiser la contre-résistance.

Notre Lieutenant-Colonel ne s'est pas non plus ménagé pendant le siége ; aussi la Légion n'a pas vu sans regret que sa longue et utile carrière de garde à cheval n'avait pas été récompensée. M. Boutet fait partie de la Garde nationale depuis plus de 30 années. Nous le voyons Maréchal-des-logis le 1er Avril 1852, Sous-Lieutenant le 17 Mai 1856, Lieutenant en 2e le 14 Août 1862, Lieutenant en 1er le 21 Décembre 1864, Capitaine commandant le 3e Escadron le 24 Janvier 1866, Chef des 3ᵉ et 4ᵉ Escadrons le 21 Août 1870, et nommé, à l'élection, Lieutenant-Colonel en Septembre 1870.

*
* *

M. Sosthènes Moreau, Chef des 3ᵉ et 4ᵉ Escadrons, est d'une famille où règne le culte de la Légion de cavalerie. C'est à elle qu'il faut s'a-

M. Sosthènes Moreau,
Chef des 3ᵉ et 4ᵉ Escadrons.

dresser lorsque l'on veut connaître les transformations de notre costume par exemple, car ses membres semblent en avoir fait partie... par héritage. C'est dire que M. S. Moreau est un des anciens de la Légion. Il est l'enfant chéri de l'avancement, puisque, de 1862 à 1870, nous lui voyons parcourir les grades depuis celui de sous-lieutenant jusqu'à celui qu'il avait obtenu, au commencement de la guerre, de la confiance et de la bonne amitié de ses camarades.

*
* *

Nous croyons qu'il est inutile de faire ressortir ici la valeur — et nous employons ce terme dans toutes ses significations — des officiers de nos différents escadrons : capitaines et lieutenants. Ils ont

9

été pour nous, dans toutes les circonstances, des exemples à suivre, et nous ne les avons jamais trouvés plus résolus que chaque fois qu'il a été question pour nous de nous trouver mêlés à quelque acte important. Leur autorité, toujours empreinte de bienveillance et de justice, en avait fait pour tous des amis et des camarades en même temps que des chefs. C'étaient bien là les gentilshommes qu'il fallait pour nous commander. Tous ont répondu à ce que ceux qui les avaient choisis pouvaient attendre d'eux ; enfin nous ne serons certainement pas démentis en disant qu'une réélection générale à la fin de la guerre n'aurait pas amené de changement dans ce qui avait été fait au début.

Au commencement du siége, chaque escadron formait une sorte de corps à part, situation que le service à tour de rôle ne faisait qu'accroître. Notre Lieutenant-Colonel eut l'heureuse inspiration de provoquer la formation d'un petit cercle. Les Officiers de tous les escadrons se réunissaient une fois par semaine. On causait chaque mercredi soir pendant deux ou trois heures, et les intérêts de la Légion, comme on peut bien le penser, n'étaient pas oubliés. Tout s'y passait en famille : chaque grade offrait à son tour la tasse de thé, le cigare et la bûche ! Ces réunions eurent certainement quelque influence sur la direction générale de notre Corps. C'est là aussi que l'on apprenait bien des détails qui n'ont pas été inutiles à celui qui a réuni les souvenirs de la Légion pendant le siége.

Nous ne devons pas oublier de signaler les services que nous ont rendus pendant cette dure campagne nos chirurgiens et nos vétérinaires. Leur savoir et leurs conseils ont été réclamés bien souvent par le temps de privations que l'on traversait. Toujours nous les avons trouvés à la hauteur de leur tâche, et — nous tenons à rappeler ce souvenir — ils nous ont accompagnés chaque fois que nos escadrons ont été envoyés hors de Paris. Nous avons eu la douleur, au mois de Janvier, d'accompagner à sa dernière demeure notre Chirurgien-major, qui, avant de commander le service médical de la Légion, avait commandé le 2e Escadron pendant plusieurs années.

Quant à notre Conseil de discipline, ayant à sa tête M. le Capitaine Comartin — membre de la Légion depuis plus de vingt ans, — nous avons su en faire une sinécure. Cela fait honneur au Corps.

Le 1ᵉʳ Escadron était sous les ordres de M. le capitaine Le Sergeant de Monnecove depuis la nomination de M. Durouchoux au
grade de Chef d'Escadron. Ancien membre de nos grandes Assem-
blées, le capitaine en second du 1ᵉʳ Escadron, au moment des élections, avait toute l'autorité pour en devenir le commandant. Il avait
comme capitaine en second M. de Sanges, ancien militaire, et qui
est dans la Garde nationale à cheval depuis vingt ans. Une assez
longue maladie de M. de Monnecove, et les devoirs que ce dernier

M. Le Sergeant de Monnecove,
Capitaine commandant le 1ᵉʳ Escadron.

avait à remplir comme membre important des Ambulances, a valu à
M. de Sanges l'honneur de remplir l'intérim du commandement
pendant quelque temps, et notamment de conduire le 1ᵉʳ Escadron à
Champigny. M. de Sanges a été porte-étendard de la Légion avant
la guerre. Les lieutenants, MM. Dedome et de Gerson, étaient nouveaux dans la Légion et y ont rendu de grands services par leurs
connaissances militaires spéciales. Les sous-lieutenants, MM. Paillard et Durouchoux fils, sont dans la Légion, le premier depuis 1864
et le second depuis 1862. M. Paillard est un des officiers qui ont le
plus contribué à la réorganisation et à l'instruction de son Escadron.

Le 2ᵉ Escadron était commandé par le capitaine Faroux, auquel, pour mémoire, nous restituerons le cheval égyptien que M. Fulbert Dumonteil fait monter par M. de Sanges dans son article du *Gaulois*. Faisant partie de la Légion depuis Décembre 1843, il n'est donc pas entré dans la Garde à cheval, comme le dit le même écrivain, pour voir l'ennemi de plus près; ce qui ne l'a pas empêché de le

M. H. Faroux,
Capitaine commandant le 2ᵉ Escadron.

voir de très près, en effet, à Champigny. C'est un officier plus que brave, car il est intrépide. Son capitaine en second, M. Lafitte, n'a toujours eu qu'un souci, celui de rendre service : les nombreuses médailles qui ornent sa poitrine en sont bien la preuve. Il est dans la Légion depuis 1859, et y a gagné tous ses grades. Les lieutenants du 2ᵉ Escadron étaient M. Cuvillier, ancien officier de cavalerie, déjà dans la Légion depuis 1861, et M. E. Yver, le parfait gentilhomme, qui y est entré en 1867. Les sous-lieutenants, MM. J. Cahen et le comte de Brosse, sont à la fois d'anciens militaires et de jeunes officiers qui se sont dévoués à l'instruction de l'escadron dans lequel ils sont entrés au commencement de la guerre.

Le 3ᵉ Escadron avait pour capitaine-commandant M. A. Demonts et pour capitaine en second M. Féliker. Ces officiers, on peut le dire, se sont dévoués à faire de cet escadron un modèle d'ordre et d'exactitude militaires. M. Demonts était déjà sous-lieutenant au commencement de 1866. M. Féliker est entré dans la Légion en 1856, et, après avoir gagné tous ses grades petit à petit, était lieutenant en

M. A. Demonts,
Capitaine commandant le 3ᵉ Escadron.

premier en 1870 lorsque ses camarades l'ont nommé capitaine en second.

M. le lieutenant Trousselle est un des plus anciens membres de la Légion, et son collègue M. Piton y est entré en 1867.

Les sous-lieutenants, MM. Ch. Lefebvre et de Miniac, font partie de notre Corps, le premier depuis 1867 et le second depuis la guerre.

Le 3ᵉ Escadron a eu l'honneur d'assister à la première bataille de Champigny, le 30 Novembre. Les officiers qui les commandaient dans cette mémorable journée ont été très-félicités, à l'époque, de leur énergie et de celle de leurs cavaliers.

Le 4ᵉ Escadron est certainement celui qui a été le plus favorisé
pendant le siége : il s'est trouvé mêlé au plus grand nombre d'affaires. Tout y marchait — bien que ce fût de la cavalerie — tam-
bour battant! Son capitaine-commandant, M. Durenne, était déjà
sous-lieutenant en 1852; c'est dire qu'il avait eu le temps de connaître tous ses camarades et de s'en faire aimer. L'article du *Gaulois* que nous avons reproduit plus haut lui fait fondre des canons

M. Durenne,
Capitaine commandant le 4ᵉ Escadron.

pour la Défense de Paris. S'il n'a pu le faire, son usine étant hors
Paris, il ne lui en revient pas moins l'honneur d'avoir généreusement contribué à leur fabrication par ses conseils compétents et
par ses approvisionnements de charbons qu'il a libéralement sa-
crifiés. Il était aidé puissamment, dans son commandement, par
M. Goffinon, capitaine en second, membre de la Légion depuis
1865, par ses lieutenants, MM. Cornil et Dussol, et par ses sous-
lieutenants, MM. Meunier et Lorge. Leur habitude du cheval et
leurs connaissances militaires avaient su faire du 4ᵉ Escadron un de
ceux qui manœuvraient le mieux.

CONCLUSIONS

 ᴇs conclusions de ce volume seront, nous avons lieu de le croire, l'expression de la pensée de beaucoup de nos Camarades.

Il résulte de ces souvenirs que notre Légion a occupé une place sinon *très-utile*, au moins *bien utile* dans l'ensemble de la défense de Paris.

En retour de ses efforts et de son dévouement de toutes les heures, on n'a d'abord pas été généreux avec notre Corps ; et, ensuite, on a été ou bien léger ou d'une souveraine ingratitude, en lui enlevant la plus grande partie de ses chevaux, alors que c'était une mesure vexatoire et inutile — cela est clair aujourd'hui.

On a vu ce que nous avions pu faire pendant huit jours consécutifs, lorsque nous avons été envoyés hors Paris à l'occasion des batailles de Champigny. Avec un pareil précédent, nous avoir privés de jouer un rôle semblable dans la fin de la campagne et notamment à Buzenval, alors que tant de nos cavaliers connaissaient si bien ce terrain, a été la mesure la plus douloureuse dont nous ayons eu à nous plaindre.

Maintenant, a-t-on demandé à notre Légion tout ce dont elle était capable ? Nous ne le croyons pas.

Nous avons le droit de dire que l'on n'a pas compris ce qu'on pouvait attendre de courage et d'intelligence de cavaliers de familles aisées, ayant reçu, par conséquent, une bonne éducation et possédant des sentiments élevés.

Une telle ressource, bien exploitée, eût donné des résultats inestimables, car au milieu d'éléments essentiellement sédentaires — le nombre de nos volontaires les réduit cependant à peu de chose — il se trouvait dans notre Légion un important noyau de cavaliers propres au service individuel, qui exige une intrépidité à toute épreuve, sans exclure les règles de la prudence, pour remplir les missions les plus dangereuses et les plus délicates.

La Légion aurait dû être appréciée comme une école d'officiers d'ordonnance, un véritable trésor pour les États-majors auxquels elle offrait des cavaliers qui ne leur coûtaient rien, bien montés, courageux et intelligents, ce qui n'est pas à dédaigner.

Dès le début du siége, la Légion aurait dû être appelée à faire partie de toutes les sorties. Pour cela il n'était pas utile de l'exposer plus que de raison, et un emploi tout trouvé eût été celui d'en faire *au dehors* le lien entre le commandement des différentes troupes qui concouraient à la lutte, comme elle était *au dedans* le lien qui unissait le Gouverneur de Paris avec les commandants des secteurs et des forts.

A notre avis, nos Gardes n'ont rencontré que trop tard l'occasion de donner les preuves de leurs aptitudes, de leur courage, de leur décision et de leur initiative. En outre, les occasions de déployer ces qualités essentiellement militaires leur ont été ménagées avec une parcimonie que tous regrettent aujourd'hui.

Voilà pour le passé.

Maintenant, dirons-nous un mot de l'avenir?

Nous ne croyons pas que nous aurions rempli notre but si nous nous contentions de faire, par ce livre, une sorte d'enterrement de première classe à la Légion de cavalerie.

Nous pensons que la conduite de la Garde nationale à cheval pendant le siége de Paris avait besoin de ne pas être oubliée pour le jour, prochain espérons-le, où, le calme ayant succédé aux orages, le Pouvoir que le pays acclamera aimera à s'entourer, comme autrefois, de citoyens qui ont toujours donné des preuves de loyauté, de courage et de discipline.

Nous ne croyons donc pas à notre mort. Nous nous sentons seulement en léthargie, et notre devise sera pour l'avenir celle de la Ville de Paris que nous avons défendue de notre mieux :

Fluctuat nec mergitur.

LES ÉPHÉMÉRIDES DU SIÉGE

JOURS ET DATES	ESCADRONS DE SERVICE	ÉPHÉMÉRIDES
		SEPTEMBRE 1870
Dimanche 18	3ᵉ Escadron.	—Paris est complétement investi par l'armée allemande.
Lundi 19	4ᵉ »	—Le contre-amiral du Quilio remplace au 5ᵉ Secteur le général Ambert, et le général Clément Thomas est nommé commandant du 3ᵉ Secteur. — Combat de Châtillon.— Les troupes se concentrent dans Paris.
Mardi 20	1er »	—Création d'une Cour martiale pour juger les lâches et les déserteurs.
Mercredi 21	2ᵉ »	—Manifestation en l'honneur du 78ᵉ anniversaire de la République.
Jeudi 22	3ᵉ »	—Création d'un corps du Train de la Garde nationale.
Vendredi 23	4ᵉ »	—Publication de l'entrevue de Jules Favre et de Bismark.
Samedi 24	1er »	—
Dimanche 25	2ᵉ »	—Le gouvernement autorise la vente de la viande de cheval.
Lundi 26	3ᵉ »	—
Mardi 27	4ᵉ »	—Incendie du dépôt des huiles de pétrole aux Buttes-Chaumont.
Mercredi 28	1er »	—Il est institué un conseil de guerre permanent dans chaque Secteur pour juger la Garde nationale. La Légion de cavalerie est sous la juridiction du 5ᵉ Secteur. — Courbet, président de la Commission artistique, propose de *déboulonner* la colonne Vendôme....
Jeudi 29	2ᵉ »	—
Vendredi 30	3ᵉ »	—Réquisition des blés et farines. — Combat de Chevilly. — Paris a déjà 30 débits de viande de cheval.

JOURS ET DATES	ESCADRONS DE SERVICE	ÉPHÉMÉRIDES
		OCTOBRE 1870
Samedi 1er	4e Escadron.	—
Dimanche 2	1er »	—Un rapport du ministre de la guerre déclare que Paris a 400,000 hommes armés. On apprend que Strasbourg et Toul ont dû se rendre.
Lundi 3	2e »	—
Mardi 4	3e »	—2e manifestation de Flourens à l'Hôtel-de-Ville avec 8000 hommes qui veulent des chassepots pour combattre... les Prussiens.
Mercredi 5	4e »	—Les officiers et les sous-officiers de la Légion de cavalerie élisent les membres qui doivent faire partie du conseil de guerre attaché au 5e Secteur.
Jeudi 6	1er »	—
Vendredi 7	2e »	— Le général Vinoy occupe Cachan. — Gambetta quitte Paris en ballon. — La viande de bœuf est rationnée et l'on taxe la viande de cheval.
Samedi 8	3e »	—Affaire de la Malmaison. — Les partisans de la Commune manifestent à l'Hôtel-de-Ville et sont dispersés par la garde nationale.
Dimanche 9	4e »	
Lundi 10	1er »	—Le major Flourens agite de nouveau Belleville ; la manifestation avorte par suite du mauvais temps.
Mardi 11	2e »	—
Mercredi 12	3e »	—
Jeudi 13	4e »	—Affaire de Bagneux. Le comte de Dampierre, commandant des mobiles de l'Aube, y tombe blessé mortellement.
Vendredi 14	1er »	—Le château de Saint-Cloud n'est plus qu'une ruine.
Samedi 15	2e »	—Le général Trochu projette, dans une lettre adressée aux maires, la mobilisation de la Garde nationale.
Dimanche 16	3e »	— La Garde nationale à cheval spontanément et les mobiles de l'Aube rendent les honneurs militaires, dans l'église de la Madeleine, à la dépouille du comte de Dampierre.
Lundi 17	4e »	—Création des compagnies de marche à raison de 150 hommes par bataillon. — Le maire de Paris ouvre une souscription pour la fabrication de 1500 canons!
Mardi 18	1er »	—
Mercredi 19	2e »	—Le gouvernement réquisitionne les fourrages.
Jeudi 20	3e »	—Réquisition générale des avoines.
Vendredi 21	4e »	—Combat de la Jonchère.

JOURS ET DATES	ESCADRONS DE SERVICE	ÉPHÉMÉRIDES
		OCTOBRE (suite)
Samedi 22	1er Escadron.	—Le général Trochu arrête que les gardes nationaux devront faire des promenades militaires hors de l'enceinte.
Dimanche 23	2e »	—Flourens provoque, à Belleville, une nouvelle manifestation : c'est la quatrième.
Lundi 24	3e »	—
Mardi 25	4e »	—
Mercredi 26	1er »	—La viande de bœuf est rationnée à raison de 50 grammes par habitant.
Jeudi 27	2e »	—
Vendredi 28	3e »	—Affaire du Bourget. — La consommation du gaz est rationnée à l'intérieur des maisons.
Samedi 29	4e »	—La Légion de cavalerie fait, avec des bataillons, une reconnaissance à la redoute du Moulin-Saquet.
Dimanche 30	1er »	—Reprise du Bourget par les Prussiens. — On dit dans les groupes que Bazaine a capitulé à Metz et l'on demande la levée en masse.
Lundi 31	2e »	—Une lettre de M. Thiers parvient au gouvernement. La capitulation de Metz est confirmée officiellement. — Les journaux partisans de la Commune profitent des mauvaises nouvelles pour pousser à la révolte. L'Hôtel-de-Ville est envahi. Le 106e bataillon sauve la situation.— M. Thiers est à Versailles pour discuter les conditions d'une armistice.
		NOVEMBRE 1870
Mardi 1er	3e »	—Rochefort donne sa démission de membre du gouvernement de la Défense nationale.
Mercredi 2	4e »	—Le gouvernement convoque les électeurs pour le 3, pour dire s'ils maintiennent *oui* ou *non* ses pouvoirs, et pour le 5, pour nommer un maire et trois adjoints par arrondissement. — Le général Clément Thomas passe du 3e Secteur au commandement en second de la Garde nationale. — Neuf chefs de bataillons sont révoqués.
Jeudi 3	1er »	—Le plébiscite donne : 331,373 *oui* et 53,585 *non*, sans compter le vote de l'armée. — Manifestation à l'Hôtel-de-Ville de 300 femmes précédées du drapeau rouge.— 5 chefs de bataillons sont encore révoqués.

JOURS ET DATES	ESCADRONS DE SERVICE	ÉPHÉMÉRIDES
		NOVEMBRE (suite)
Vendredi 4	2ᵉ Escadron.	—Le général Clément Thomas est nommé commandant supérieur de la Garde nationale, en remplacement du général Tamisier. — La Légion de cavalerie est successivement passée en revue par les généraux Trochu et Clément Thomas.
Samedi 5	3ᵉ »	—Deux chefs de bataillons sont encore révoqués.
Dimanche 6	4ᵉ »	—La Prusse refuse le ravitaillement ; le gouvernement repousse à l'unanimité cette condition.
Lundi 7	1ᵉʳ »	—La viande de cheval est taxée.
Mardi 8	2ᵉ	—
Mercredi 9	3ᵉ »	—Un décret mobilise une partie de la Garde nationale.
Jeudi 10	4ᵉ »	—
Vendredi 11	1ᵉʳ »	—
Samedi 12	2ᵉ »	—Levée de la réquisition des avoines, pailles et fourrages... il n'en reste plus ! — Le gaz ne livre plus de coke.
Dimanche 13	3ᵉ »	—Appel à l'activité des célibataires et veufs sans enfants de 25 à 35 ans.
Lundi 14	4ᵉ »	—Appel à l'activité des mobiles de la classe 1870. — On apprend que l'armée de la Loire, victorieuse, a repris Orléans.
Mardi 15	1ᵉʳ »	—
Mercredi 16	2ᵉ »	—Le chien et le rat se vendent dans des boutiques. Les bouchers municipaux distribuent de la viande conservée.
Jeudi 17	3ᵉ »	—
Vendredi 18	4ᵉ »	—
Samedi 19	1ᵉʳ »	—
Dimanche 20	2ᵉ »	—
Lundi 21	3ᵉ »	—
Mardi 22	4ᵉ »	—Décret qui réquisitionne les pommes de terre. — Un arrêté défend toute livraison de gaz aux particuliers.
Mercredi 23	1ᵉʳ »	—Le général Clément Thomas, escorté par un piquet d'honneur de la Garde nationale à cheval, passe en revue des bataillons de marche nouvellement organisés, notamment le 72ᵉ qui, le lendemain, reçoit le baptême du feu au Bourget.
Jeudi 24	2ᵉ »	—Continuation des revues des bataillons de marche.
Vendredi 25	3ᵉ »	—
Samedi 26	4ᵉ »	—Réquisition des huiles de pétrole. — Recensement général des chevaux, ânes et mulets.

JOURS ET DATES	ESCADRONS DE SERVICE	ÉPHÉMÉRIDES
		NOVEMBRE (suite)
Dimanche 27	1er Escadron.	—Les portes de Paris restent fermées. — Le maire de Paris déclare qu'il est honteux de nourrir des chevaux avec du pain.
Lundi 28	2e »	—Proclamations des généraux Trochu et Ducrot (mort ou vainqueur...) et des membres du gouvernement. Les troupes sont sorties de Paris. Le canon tonne de tous les côtés. Le général Trochu porte son quartier-général à Vincennes.
Mardi 29	3e »	—Un subside de 75 centimes est accordé aux femmes des gardes nationaux qui reçoivent 1 fr. 50. — Attaque à la Gare-aux-Bœufs de Choisy et à l'Hay. — On s'attend pour le lendemain à une attaque vers Saint-Denis. — Les ponts de bateaux jetés sur la Marne ne peuvent être utilisés à cause de la crue subite des eaux.
Mercredi 30	4e et 1er	—Le général Ducrot passe la Marne à Champigny. On se bat de Saint-Denis à Vitry. Les Allemands sont repoussés à plusieurs kilomètres de leurs positions.— On croit à une surprise par la plaine de Gennevilliers.
		DÉCEMBRE 1870
Jeudi 1er	2e et 3e	—Suspension d'armes tacite pour ramasser les blessés et enterrer les morts du dernier combat. On blâme à Paris ce temps d'arrêt favorable aux Allemands repoussés.
Vendredi 2	1er et 4e	—A 8 heures, l'armée allemande attaque avec violence. Après une lutte acharnée elle est repoussée plus loin que le 30 Novembre. — Trente-trois bataillons de la Garde nationale forment la réserve dans le bois de Vincennes et restent inutilisés !
Samedi 3	2e et 3e	—Après le succès de la veille, on apprend avec effarement que les troupent repassent la Marne et viennent bivouaquer dans le bois de Vincennes !
Dimanche 4	4e »	—
Lundi 5	2e »	—Le brigadier Joseph Voisin, dit Lalanne, du 2e Escadron, est fait prisonnier.
Mardi 6	1er »	—Le Général de Moltke écrit au Général Trochu pour le prévenir de la défaite de l'armée de la Loire à Orléans.

JOURS ET DATES	ESCADRONS DE SERVICE	ÉPHÉMÉRIDES
		DÉCEMBRE (suite)
Mercredi 7	3e Escadron.	—Les tirailleurs de Belleville, commandés par Flourens, sont dissous pour motifs plus que graves.—La Garde nationale à cheval assiste en nombre aux funérailles du Commandant Franchetti des Eclaireurs à cheval.
Jeudi 8	4e »	—·Les rues de Paris sont éclairées au pétrole.
Vendredi 9	1er »	—Par ordre, les détenteurs de chevaux, ânes et mulets n'en peuvent disposer que pour les besoins de l'Etat.
Samedi 10	2e »	—
Dimanche 11	3e »	—Les houilles et les cokes sont réquisitionnés. — On parle du prochain rationnement du pain.
Lundi 12	4e »	—La vente de la farine est interdite sous toute autre forme que celle de pain. — Le Gouvernement déclare que le pain ne sera pas rationné !
Mardi 13	1er »	—
Mercredi 14	2e »	—
Jeudi 15	3e »	—La ration de viande de cheval est réduite à 50 grammes par jour et par habitant.
Vendredi 16	4e »	—On parle d'abattre tous les chevaux de luxe sans exception.— Le pain blanc est remplacé par du pain bis.
Samedi 17	1er »	—
Dimanche 18	2e »	—L'État-Major de la Garde nationale quitte la place Vendôme pour le palais de l'Élysée. — Une dépêche de Gambetta révèle le général Chanzy comme le véritable homme de guerre du moment, malgré sa retraite sur le Perche.
Lundi 19	3e »	—Les portes de Paris restent fermées.
Mardi 20	4e »	—Plus de 100 bataillons de guerre de la Garde nationale mobilisée sont hors de Paris, et le Gouverneur annonce de grandes opérations pour le 21.
Mercredi 21	1er »	—Le centre de l'attaque est sur le Bourget et l'on se bat sur tout le périmètre de Montretout au plateau d'Avron.
		—Les chevaux de luxe sont réquisitionnés.
Jeudi 22	2e »	—Un froid extrêmement intense survient et semble devoir arrêter l'opération entreprise la veille.
Vendredi 23	3e »	—La gelée est si forte qu'elle empêche les travaux de tranchées et d'établissement de batteries au plateau d'Avron. — Les partisans de la Commune s'agitent de nouveau devant le nouvel insuccès de nos armes.
Samedi 24	4e »	—Le thermomètre descend à 15 degrés centigrades au-dessous de zéro. La Seine charrie.

JOURS ET DATES	ESCADRONS DE SERVICE	ÉPHÉMÉRIDES
		DÉCEMBRE (suite)
Dimanche 2	1er Escadron.	—Le froid est tel qu'il faut faire rentrer les troupes pour les abriter. — On coupe les arbres des bois de Boulogne et de Vincennes pour le chauffage de Paris.
Lundi 26	2e »	—Le froid devient de plus en plus persistant.
Mardi 27	3e »	—Le Gouvernement avoue que les dernières opérations n'ont pas réussi.—L'ennemi commence le bombardement des forts de l'Est. — La Garde nationale à cheval offre deux canons à la défense de Paris.
Mercredi 28	4e »	—Le plateau d'Avron est évacué sous les efforts du bombardement et du froid qui laisse les troupes à découvert, la terre ne pouvant se creuser.
Jeudi 29	1er »	—
Vendredi 30	2e »	—La Banque de France est autorisée à émettre des billets de 20 francs.
Samedi 31	3e »	—
		JANVIER 1871
Dimanche 1er	4e »	—Cent-cinquième journée du siége.
Lundi 2	1er »	—La Garde nationale à cheval témoigne de ses sympathies au Commandant Durouchoux en rendant les honneurs militaires à son neveu, jeune mobile de la Seine, tué au platon d'Avron.
Mardi 3	2e »	—
Mercredi 4	3e »	—
Jeudi 5	4e »	—Le bombardement de Paris commence et prend de suite de sérieuses proportions; il tombe des obus jusques dans le quartier Saint-Jacques.
Vendredi 6	1er »	—Le Général Trochu proclame que le Gouverneur de Paris ne capitulera pas....
Samedi 7	2e »	—
Dimanche 8	3e »	—Une affiche rouge anonyme provoque les citoyens à la guerre civile.
Lundi 9	4e »	—Le quartier Saint-Sulpice reçoit en moyenne un obus par minute.
Mardi 10	1er »	—Il est tombé sur Paris, pendant la nuit, plus de 2000 projectiles, dont plusieurs du poids de 94 kilog.
Mercredi 11	2e »	—
Jeudi 12	3e »	—On commence à réquisitionner les chevaux de cavalerie.
Vendredi 13	4e »	—Les boulangers ont ordre de ne plus faire de pain de luxe. — Nouvel appel à l'insurrection par affiches rouges. — Les Allemands occupent définitivement le plateau d'Avron.

JOURS ET DATES	ESCADRONS DE SERVICE	ÉPHÉMÉRIDES
		JANVIER (suite)
Samedi 14	1er Escadron.	—Les farines sont réquisitionnées.
Dimanche 15	2e »	—
Lundi 16	3e »	—Apparition des premiers billets de 20 fr. de la Banque.
Mardi 17	4e »	—Voici la composition du pain par kilogramme : blé 300 gr., riz 300 gr., seigle 200 gr., avoine 200 gr.
Mercredi 18	1er »	—Nouvelle proclamation du gouvernement pour prévenir la population..... et l'ennemi qu'on va tenter une affaire.
Jeudi 19	2e »	—Affaire de Buzenval. Comme toujours la journée commence bien pour mal finir : pendant que l'ennemi fait converger sur nos troupes une masse d'artillerie, nous ne pouvons amener nos pièces « sur des terrains déformés. » — La ration de pain est fixée à 300 grammes par habitant, au prix de 10 cent.
Vendredi 20	3e »	—Le général Trochu parle de demander une armistice de 2 jours pour relever... 2400 hommes hors de combat !
Samedi 21	4e »	—Saint-Denis est bombardé.— Le titre de Gouverneur de Paris est supprimé. — Le général Vinoy commande en chef. — On apprend que le général Chanzy a dû se replier derrière la Mayenne.
Dimanche 22	1er »	—Flourens est délivré à main armée de Mazas. La place de l'Hôtel-de-Ville, envahie par les Bellevillois, est le théâtre d'une lutte de 20 minutes entre les partisans de la Commune et la Mobile.
Lundi 23	2e »	—Les clubs sont enfin supprimés ainsi que quelques journaux révolutionnaires.
Mardi 24	3e »	—Le bruit court que le gouvernement parlemente pour une armistice.... peut-être une capitulation.
Mercredi 25	4e »	—Ce bruit prend de la consistance. — Manifestation à l'Hôtel-de-Ville à ce sujet.
Jeudi 26	1er »	—Les nouvelles du dehors sont mauvaises. — Jules Favre revient de Versailles. — Le bruit du canon cesse à minuit précis.
Vendredi 27	2e »	—Le Gouvernement annonce ne plus compter sur les armées de secours et déclare que les vivres vont manquer. Il faut donc avoir une armistice. Cette nouvelle fait baisser le prix des vivres.
Samedi 28	3e »	—
Dimanche 29	4e »	—L'armistice est signée. Le siège est à sa 133e journée. — Les électeurs sont convoqués pour le 5 Février afin de nommer une Assemblée nationale.

LE BREVET DE PRÉSENCE

ÉTAT NOMINATIF

DE

L'ÉTAT-MAJOR ET DES ESCADRONS

De la Légion

PENDANT LE SIÉGE

10

OBSERVATIONS

—⁓∾⁓—

Les indications de profession qui suivent chacun des noms du BREVET DE PRÉSENCE sont celles qui ont été données au moment de l'inscription sur les contrôles de la Légion de Cavalerie.

O ✠ veut dire Officier de la Légion d'honneur.

✠ veut dire Chevalier de la Légion d'honneur.

✠ désigne tous les ordres étrangers.

—⁓∾⁓—

ÉTAT-MAJOR

Colonel.

QUICLET O ❈ (Eugène-Louis), propriétaire.

Lieutenant-Colonel.

BOUTET (Sébastien-Dominique), négociant.

Chef du 1er et du 2e Escadrons.

DUROUCHOUX ❈ (Pierre-Marie-Thomas), négociant. *Décédé.*

Chef du 3e et du 4e Escadrons.

MOREAU (Sosthènes), propriétaire.

Major.

ROGER O ❈ (Ambroise-Pierre), lieutenant-colonel de cavalerie en retraite.

Capitaines adjudants-majors.

1er et 2e Escadrons. — VERRAT ❈ (Auguste), ancien capitaine de cavalerie.
3e et 4e Escadrons. — GOUGES (Arnaud-Isidore), ancien officier de cavalerie.

Capitaine adjudant-major instructeur.

PICARD DE MONTÉGU (Armand), ancien officier de cavalerie.

Capitaine trésorier.

BOCA (Paul).

Sous-lieutenant porte-étendard.

CHEVALIER (Ernest-Marie), professeur d'équitation.

CONSEIL DE DISCIPLINE

Capitaine rapporteur.

COMARTIN ❈ ✚ ✚ (Octave-Jean-Louis), juge de paix suppléant.

Lieutenant rapporteur.

FAISEAU-LAVANNE (Théodore), notaire honoraire.

Lieutenant secrétaire.

LARROUMÈS (Émile), avoué de 1re instance.

Sous-lieutenant secrétaire.

MOREAU (Pierre-Alfred), notaire.

SERVICE MÉDICAL

Chirurgien-major.

CARTEAUX (Adolphe), médecin. *Décédé.*

Chirurgiens aide-major.

1er Escadron. — MOREAU, médecin.
2e   »   — LOLLIOT (Jules), médecin.
3e   »   — LEGROUX, médecin.
4e   »   — BERTHET, docteur-médecin.

Vétérinaire en chef.

PERCHERON (Pierre), vétérinaire.

Vétérinaires.

1er Escadron. — WEBER (Émile-Alfred), vétérinaire.
2e   »   — DELPÉRIER (Jean-Baptiste), vétérinaire.
3e   »   — MONJAUZE, vétérinaire.
4e   »   — ROBELLET (Mathis), médecin-vétérinaire.

PETIT ÉTAT-MAJOR

Adjudants sous-officiers.

1er et 2e Escadrons. — LEDAIN (Achille), boucher.
3e et 4e Escadrons. — BURÉ (Victor), négociant en vins.

Adjudant d'ordres.

FOURNEAU (Désiré-Simon), employé au Crédit foncier.

Trompette-major.

MARIE, ancien sous-chef de musique.

Brigadier trompette.

REINHARD (A.).

SECRÉTARIAT

RUELLE ✠ (Victor), ancien capitaine d'infanterie.

PREMIER ESCADRON

Capitaine Commandant.

Le Sergeant de Monnecove ✠ ✠ ✠, avocat à la Cour, ancien député.

Capitaine en second.

De Sanges ✠ (Léon), architecte.

Lieutenant en premier.

Dedome (Louis-Alph.), limonadier.

Lieutenant en second.

De Gerson (Olivier), propriétaire.

Premier sous-lieutenant.

Paillard (Philippe), dir. de manége.

Deuxième sous-lieutenant.

Durouchoux ✠ (Louis-Marie), négt.

Maréchal-des-logis-Chef.

Berthaudin (Ferdinand-Joseph), secrétaire du Cercle de la rue Royale.

Maréchal-des-logis-fourrier.

Barrat (Ant.-Laurent), propriétaire.

Maréchaux-des-logis.

Clère (Numa), caissier (ex-sous-offic.).
Hennecart (Adrien), rentier.
Ducloz (Ernest), chef d'exploitation au Tattersall.
Samson (Louis), dresseur de chevaux.
Collinot ✠ (E.-V.), f. de faïences d'art.
Balvay (Pierre), restaurateur.
Germain (François-Adolphe), sellier.
Picard (Étienne), sellier.

Brigadier-fourrier.

Bellefleur (Ernest), négociant.

Brigadiers.

Bernheim (Sylvain), md de chevaux.
Boucicault (Aristide), négociant.
Cérémonie (O.-V.), médecin-vétérin.
Crémieux (Antony).
Crémieux (Léon), march. de chevaux.
Francome (Charles-Daniel), boucher.
Lyon (Ern.-Raph.), md de chevaux.
Mayer (Alex.), march. de chevaux.
Maillat (Paul), caissier.
Pérard (Benoît), négociant.
Rollet (Edme-Hippolyte), boucher.
Rainbeaux (Abel), propriétaire.
Sill (William), négociant.
Thévenon (Alphonse), architecte.
Vieillard ✠ (Henri), rentier.

Gardes.

Abeille (E.-F.), attaché d'Ambass.
Aubriot (Edouard), négociant.
Aubry (Thomas), négociant en cuirs.
Auriac (Bertrand), négociant.
Aveniez (Jules), avocat.

Barrieu.
Battu (Emm.-Alf.), entrepreneur de peinture.
Beauvais (E.), entr. de maçonnerie.
Belin (Henri), libraire-éditeur.
Bévillard (Alexandre), propriétaire.
De Billing ✠ (baron Robert), secrét. d'Ambassade.
Blacque (Arth.-L.-Ph.) propriétaire.
Brisset (Emile), artiste-peintre.
Blin (Jean-Adolphe), vétérinaire.
Bonjour (G.-A.), employé de Banque.
Bocquet (L.), employé d'assurances.
Baugillot (Léon), boulanger.
Bourdeille (Jean), négociant.
Brinquant (Raoul), propriétaire.

BRINQUANT (Georges), rentier.
BRUNET (Julien-Jean), négociant.

CARTERON (Eugène), artiste-peintre.
CARRA DE VAUX (René), employé.
DE CHALUP (G.), officier des Haras.
CHAUTARD (Joseph), grainetier.
CHEVET (François), négociant.
CINTRACT (Alph.-Onézime, Augustin).
CRUET (Désiré), négociant en vins.

DELACROIX (Gustave), rentier.
DELHOMEL (Edouard), entrepreneur.
DEPLAND (Auguste), loueur.
DIOR (Alph.-Désiré), négociant.
DOULCET (Léon), rentier.
DURET (Louis), écuyer.
DUVAL (Jules-Alexandre), rentier.

FOURMIY (René), march. de chevaux.
FRENCH (S.-Georges-Hardy), rentier.
FRÉBAULT (François), limonadier.
FRŒLICHER (Charles-Marie-Arthur),
  architecte.

GABILLOT (Paul), négociant.
GAILLARD (P.-M.), percepteur.
GAUME (Emile), libraire-éditeur.
GIRARDOT (D.-A.), distillateur.
GOURGEOIS (Eugène), boucher.
GROSSMANN (Charles), au Tattersall.

HALLIEZ (Hippolyte), négociant.
HAMOT-BATARDY (P.-H.), avocat.
HUMANN (Ch.-Ferd.), avocat.

JAMIN (Florin), direct. de manége.

LAPORTE (Laurent), avocat.
LAROZE (J.-J.), élève des Beaux-Arts.
LEBRETON (Pierre), associé d'agent de
  change.
LEBRUN DE VIVIERS (A.-F.-H.), peint.
LEDUC (Gustave), loueur.
LEHMANN (David), march. de chevaux.
LEMAIRE (Ernest), employé.
LEPARE (Eugène), manufacturier.

LEPRÉVOST (E.-A.), propriétaire.
LESEUR (Alex.), négociant en grains.
LIBAUDE (Gustave), négociant.

MAGDELAIN (Jules), négociant,
MARLET (Joseph), sellier.
MARÉCHAL (Camille), propriétaire.
MARIX (Myrthill), négociant.
DE LA MARTRE, propriétaire.
MASSARD (Jules), propriétaire.
MAY (Alfred), marchand de chevaux.
MINIER (Modeste), boucher.
MOLIER (Ernest), rentier.
DE MONCLIN, propriétaire.
MURON (Maurice), étudiant.

PARINGAULT (L.-F.-Ch.), rentier.
PIGACHE (Achille), propriétaire.
PILTÉ (Henri), ingénieur.
DE POIX (Gaston), propriétaire.
DE LA PORTE (le comte Th.-A.) ancien
  officier d'Etat-major.

RADET (Félix-Henri), boucher.
DE RESBECQ (le comte E.), chef de bur.
  à l'Instruction publique.
RICHARD (Edouard), négociant.
RIVIÈRE (Adolphe-Pierre-Antoine),
  marchand de chevaux.
RIVIÈRE (Désiré), marchand de che-
  vaux.
RODRIGUES (Numa), changeur.
ROUSSEL (A.), entrepreneur de démé-
  nagements.

SAULNIER (Alphonse), propriétaire.
SIGNOL (Jules), médecin-vétérinaire.
SOUFFRON (Henri), rentier.
DE STEINHILBER (Emile), négociant.
STERN (Louis), banquier.
STERN (Jacques), banquier.

TAMISIER (Jean), entrepreneur de ter-
  rassements.
TRIBERT (Germain), avocat.
TRUSSON (Joseph), entrepreneur de
  pavage.

Vassal (Louis), grainier.
Vatel (Jean-Alfred), médecin-vétéri-
naire.
Vazelle (Jean), hôtelier.

de Viel Castel (le comte E.), secrét.
d'Ambassade.
Veniard (Paul), loueur.
Vivier (A.), entrep. de bâtiments.

Trompettes.

Lamy, sortant des gardes de Paris.
Trépreau (Frédéric), sortant des gardes de Paris.
Brocheret, sortant des cuirassiers de l'ex-garde.

DEUXIÈME ESCADRON

Capitaine Commandant.
Faroux (Henry), négociant.

Capitaine en second.
Lafitte (L.-J.-P.), rentier.

Lieutenant en premier.
Cuvillier (Charles), rentier.

Lieutenant en second.
Yver ✠ (Ernest), rentier.

Premier sous-lieutenant.
Cahen ✠ (Jacob), propr. de Journal.

Deuxième sous-lieutenant.
de Brosse (le comte A.), propriétaire.

Maréchal-des-logis-Chef.
Leclerc (Louis-P.-E.), négociant.

Maréchal-des-logis-fourrier.
Desfossés (V.-A.), propr. de Journal.

Maréchaux-des-logis.
du Charmel (le baron O.), propriét.
Bertier (E.-A.), tailleur.

Millot (Louis-J.), dir. de manége.
Cordonnier (P.-J.), tailleur.
Jouault (Léon), négociant.
Lucas (Henri), dresseur de chevaux.
Cardine (Juste-Théodore), ex-officier
de cavalerie.
Bouvry (Ernest), négociant.

Brigadiers.

Carré-Dubois (G.-A.), boucher.
Bellon (Gaspard), vétérinaire.
Lafons (Théophile), boucher.
Duez (H.), chef d'institution.
Cloquet (H.), fondeur de suif.
La Roue (A.), rédacteur à la Préfect.
de la Seine.
Voisin *dit* Lalanne (Joseph), directeur
de manége.
Pottier (P.-F.), négociant.
Monneau (Paul), rentier.
Bourgeois (Emile), rentier.
Glade ✠ (Léopold), négociant.
Mussot (P.), entrepreneur de bains.
Robin (Paul), joaillier.
Lavollay (Charles), négociant.
Léopold (Jules), négociant.
Duranton (Francisque), négociant.

Gardes.

ALLAIS (A.-Ch.), dir. d'assur. marit.
ANATOLIE (J.-B.), propriétaire.
ARACHEQUESNE (P.-M.-E.), suppléant de juge de paix.
ARBIB (Ange de R.), négociant.
AUBRY, *médaillé militaire* (Paul), nég.
AUDY (Jouanny), peintre de chevaux.

BACHELLIER (E.), négociant.
BAUDIN (Eugène), parfumeur.
BLIN (Alexis), marbrier.
BONNEVILLE DE MARSANGY (L.), avocat.
BOUGLÉ (Henri), propriétaire.
BOULENGER (Adolphe), négociant.
BOURCIEUX (C.), march. de chevaux.
BOURDIER (Eugène), négociant.
BOY (Henri), march. de bois.
BRODIN-COLLET (Aug.), banquier.

CLANCAU (L.-E.-A.), *eng. dans l'armée.*
COURTOIS (Henri), négociant.
DE CROIX (le comte Ph.), *officier dans la Garde mobile.*

DAVIAS (Guillaume), tailleur.
DEGALLE (Jules), négociant.
DEGAUCHY (Eugène), négociant.
DELAGARDE (E.), agent de change.
DELAMARE (J.-C.), orfèvre.
DELAMARRE ✻ (Th.), artiste-peintre.
DELARUELLE (L.-B.), avoué de 1re inst.
DELATTRE (Alexandre), tailleur.
DELETTREZ (G.-Ch.), négociant.
DENIS (Antoine), rentier.
DENJOY (E.-G.-E.), *eng. dans l'armée.*
DENNETIER (A.-F.), propriétaire.
DEPREZ (Louis), négociant.
DESCAMPS (Ernest), négociant.
DETHOMAS (Albert), avocat.
DIMPAULT (P.-E.), négt en grains.
DIZENGREMEL (O.), grainetier.
DRUT (Paul), propriétaire.
DUMONT (Victor), court. de commerce.
DUPONT (A.), direct. de manége.
DUSSINE (André), négociant.

DUTILLEUL (C.-E.), *eng. dans l'armée.*
DUVAL (Ed.-J.), entr. de peinture.
D'ESCRIVAN (Gustave), rentier.

FESSART (E.-A.), ass. d'ag. de change.
DE FOLLENAY ✻ ✠ (le cte de Larret)
FRIBOURG (G.), bijoutier.

GAUTREAU (P.-L.), *nommé officier d'état-major.*
GHIENNE (J.-B.), *maréchal des logis démissionnaire,* négociant.
GIBERT (Armand), propriétaire.
GIBOU (Edouard), propriétaire.
GILLIBERT (Paul), rentier.
GINISTY (J.-P.), négociant.
GIRAUDEAU DE SAINT-GERVAIS ✻, doct.
GODCHAUX (Alph.), éditeur.
GOUBIE (Richard), artiste-peintre.
GOUPIL (Albert), éditeur.
DE GOURCUFF (Henri), propriétaire.
GRAINVILLE (E.), courtier-juré d'assurances maritimes.
GRISART (Ch.), rentier, *nommé capit. d'état-major.*
GUÉNOT (Henri), négociant.

HANFF (Léopold), négociant.
HANNOYER (Léon), ingénieur.
HENNESSY (Richard), rentier.
HOLLIER (Alph.), march. de bois.
HUTIN (Edouard), négociant.

ISOARD, *médaillé militaire* (A.), dir. du Comptoir de l'Industrie.

JACOB (Joseph), marchand de chevaux.
JOLY (Léon), rentier.
JULIEN (Al.), comm. en bijouterie.
JUNET (François), négociant.

KHAN, *méd. militaire* (Amédée), négt.

DE LAFAULOTTE (Paul), anc. militaire.
LAFERRIÈRE (J.), commiss. en march.
LALANDE (Emile), ébéniste.
LALANNE (Emile), prof. d'équitation.

LAMARCHE (Pierre), sellier.
LANGUET (P.-F.), march. de chevaux.
LAROQUE (L.-P.), entr. de trav. pub.
LASNIER (P.-J.), *Garde mobile.*
LEJAULT (E.), médecin-dentiste.
LEJONNE (P.-L.), directeur des magasins généraux de Saint-Denis.
LEMAÎTRE (Alphonse), rentier.
LEMARIEY (L.), représ. de fabriques.
LEVRIER (Jean), propriétaire.
LÉVY (Martin), négociant.
LOFFET (Ch.-M.), art. dramatique.
LORIDAN (G.-H.-E.), élève-notaire.
LUCY (Armand), *attaché au 9e Sect.*

MAAS (E.), direct. de Comp. d'assur.
MALTEAUX (E.-F.), rentier.
MANAUT (Germeuil), rentier.
MANNBERGER (Frédéric), banquier.
MARQUIS (Eug.-Emm.), boucher.
MASSON (L.), agent de change.
MAUTIN (A.), court.-juré d'ass. marit.
MILLET (Alfred), négt en cuirs.
MILLOT (Alfred-S.), propriétaire.
MOREL-MEZIÈRES (J.), art. dram.

DE NARCILLAC ✵ (Cl.), propriétaire.
NAUD (Edouard-C.), banquier.

PALLEZ (J.-Ch.), grainetier.
PAQUOT-LEMIRE (L.), négociant.
PERNIN (J.-Ch.), carrossier.
PERRAULT ✵ (A.), passé capitaine du Génie volontaire.
PERRIN (C.-J.).
PEYRUSSON-DEVAUX (G.), propriétaire.
PHELLION (Ernest), propriétaire.
PINGUET (Ch.-F.), anc. notaire.

PLASSON (Jean), rentier.
POINSINET DE SIVRY (A.), rentier.
PONSON (Ph.), négociant en tissus.
DE PORTES (le marquis G.), rentier.
PORTIER (A.), march. de fourrages.
POTOCKI ✠ ✠ (le comte G.). *Décédé.*
POUGET père (A.), rentier.
POUGET fils (E.), *Garde mobile.*
PROFIT (B.), blanchisseur, *maréchal-des-logis démissionnaire.*

RAQUET (Ch.-A.), négociant.
RENNESSON (Henri), tailleur.
ROCHER, *médaillé milit.* (A.), négt.
ROGAT (Jean), négociant.
ROUCHEZ (Jean), loueur.

DE SAINT-ALBIN (A.), homme de lettr.
DE SAINT-MARTIN (C.), ag. de change.
DE SAINT-PAUL-DUBUT ✵, directeur de la Compagnie Génér. des Omnibus.
SAUVEL (L.-A.), négociant.
SEMANAS (J.), artiste lyrique.
SERVY (J.-L.), avoué de 1re instance.
SOUDET (A.), loueur.
SEYFFERT (J.-E.), entrep. de bâtim.
SOURDIS (David), propriétaire.

TEISSÈDRE (J.-B.), loueur.
THIBOUST ✵ (Ed.), négociant.
TROTIGNON (Georges), propriétaire.

VAILLANT (A.), confectionneur.
VASSE (Ernest), négociant.
VIETTE ✠ (Théodore), négociant
VILLAUX (Charles-A.), banquier.
VILLENEUVE (A.-V.), fabricant.

WAILL (Georges), *Garde mobile.*

Trompettes.

SOUDANT (Félix), sortant des chasseurs d'Afrique.
DASSEN (Jules), sortant de l'artillerie de l'ex-garde.
STULZ, *médaillé militaire*, sortant de la gendarmerie de l'ex-garde.

TROISIÈME ESCADRON

Capitaine Commandant.

DEMONTS (Agnan), notaire.

Capitaine en second.

FÉLIKER (Adolphe), négociant.

Lieutenant en premier.

PITON (Hyacinthe), banquier.

Lieutenant en second.

TROUSSELLE (L.-A-F.), sellier.

Premier sous-lieutenant.

LEFEBVRE (Charles), négociant.

Deuxième sous-lieutenant.

DE MINIAC (Ch.-F.), ass. d'ag. de ch.

Maréchal-des-logis-Chef.

BERTRAND (Anatole), négociant.

Maréchal-des logis-fourrier.

LEPELLETIER (Charles), négociant.

Maréchaux-des-logis.

BRIÈRE (M.), prof. d'équitation.
BRION (Alexis), loueur.
BRUNET (R.), commissionnaire.
BRUSLÉ DE BAUBERT (A.-V.), propr.
DELAGE (A.-E.), tailleur.
ESTRAGNAT (Charles), négociant.
WASSE (Gaston), négociant.
DABIT (N.-V.), négociant.

Brigadier-fourrier.

BODIN (J.-A.), négt en cordages.

Brigadiers.

BONJOUR (Ph.-M.-M.), att. au ministère de la Marine.

BUISSON (Antoine), tailleur.
CHANIOT (A.), march. de chevaux.
COURTOIS (H.), négociant.
DUHAMEL (P.-G.), négociant.
ENTRAYGUES (Henri), négociant.
HÉBERT (Edouard), négociant.
HUBERT (A.), doreur sur bois.
JOUANNE (Eugène), employé.
MARCHAND (J.-B.-E.), rentier.
NOLLEVAL (Alfred), avocat.
RENAULT (Emile), rentier.
SCHMOLLE (Louis), négociant.
TARBOURIECH-NADAL fils, commiss.
DE MAZADE (Edouard), négociant.
DUQUESNE (Prosper), vétérinaire.

Gardes.

ABEILLE (Albert), avocat.
ALLAIN (Eugène), propriétaire.
ANTELME (A.-A.), négociant.
AUBRY (Gustave), négociant.
AUDON (Charles), négociant.
AUMONT (G.-F.), chirurg.-dentiste.
D'ARGIS ✳ (J.), off. sup. en retraite.

BACQUÉ (Pierre), représ. de comm.
BAL (Ferdinand), architecte.
BARBÉ (Gust.), agriculteur.
BEAURAIN (P.-P.), inspecteur.
BEC (Charles), vétérinaire.
BERRURIER (R.), contr. des cont. dir.
BERTAUT (A.-H.), propriétaire.
BESNIER (H.), commiss. en gr. et far.
BONNET (Emile), négociant.
BOUCHER (E.), élève des Beaux-Arts.
BRAG (Eugène), négociant.
BRIGUIBOUL ✳ (M.), artiste-peintre.
BRUAND (A.-L.), empl. de comm.

CALON (Octave), négociant.

Caussade (C.-A.), artiste-peintre.
Cardon (Adolphe), négociant.
Chamberlin (Ach.), négociant.
Chanceau (M.), boulanger.
Chapsal (E.-A.), rentier.
Chatelain (Ernest), rentier.
Chevallier (Alphonse), négociant.
Clert (C.), fab. d'app. d'éclairage.
Cornet (Emile), négociant.
Courtois (Clément), boulanger.

Daillard (Hipp.), négociant.
Dardan (Germ.-Th.), carrier.
Dauriac (E.), ex sous-officier.
Davoud (I.-A.), négociant.
Debas (G.), fab. d'éq. militaire.
Dehaynin (F.), négt en charbons.
Dehaynin (Léon), rentier.
Delage (Gustave), négociant.
Delasselle (Louis), négociant.
Desvignes (Edouard), négociant.
Doüay (Georges), rentier.
Douaud (Eug.), comm. en march.
Dessaignes (P.-A.), boucher.
Dubois (Ferdinand), propriétaire.
Duché (Paul), négociant.
Durand (E.-A.), ingénieur.

Entraygues (J.), négociant.
Erhard (Ch.-N.), négociant.
Euchène (A.-G.), propriétaire.
Evrard (E.), artiste-peintre.

Fessart (Henri), négociant.

Graffeuil (Baptiste), négociant.
Guédon (François), rentier.
Guerrier (Charles), négociant.
Guiot (J.-B.), march. de chevaux.
Guyon (E.), négociant.
Godillot (J.-F.), court. de comm.

Handebourd (J.), négociant.
Hugues (Guillaume), rentier.
Hugues (Nestor), rentier.
Humbert (Louis), loueur.

Isoré (L.), march. de chevaux.

Jacob (Jules), bijoutier.
Jacquier (Ferd.), négt en charbons.
Jacquin (Anat.), mécanicien.

Labarre (Pierre), négociant.
Lafelonye (Ch.-J.), pharmacien.
Lacombe (E.), négociant en vins.
Lalonde (Eugène), changeur.
Lamare (O.-U.), huissier.
Lambert (P.-E), négociant.
Lapostolet (Ernest), négociant.
Lapostolet (Léon), négociant.
Leblanc (E.-D.-L.), meunier.
Lebouc (Modeste), md de chevaux.
Lefébure (Anat.), négociant.
Lefébure (Ernest), négociant.
Lefebvre (Amédée), négociant.
Lefebvre de Baullan (E.-E.), rent.
Le Gerriez (L.-F.-S.), négociant.
Legouey (Jules), distillateur.
Lehideux (Emile), rentier.
Lemaire (H.), dir. de manége.
Leneveu (A.-M.), négociant.
Lévy (Gabriel), sellier.

Mariage (A.), court. assermenté.
Marx (Albert), négociant.
Massy (Louis), négociant.
Mérat (B.), fabr. de cannes.
Midoux (Alphonse), tapissier.
Moitessier, négociant.
Morel (A.-L.), négociant.
Morel (J.-A.), rentier.
Morchoine (L.-F.), architecte.
Mousset (P.-D.), orfèvre.
Muller (Jacques), camionneur.

Najean (J.-A.), négociant.
Nicolas (Henry), rentier.

Olivier (J.), négociant en horlogerie.

Pagès (P.), négociant en charbons.
Piton (C), artiste-peintre.

Quillet (A.-V.-C.), négociant.

Randon (E.-L.), vétérinaire.
Rebours, fab. de conserves alim.
Rieffel (V.-L.), meunier.
Rodrigues (Fern.), artiste.
Roy (Gustave.-E), négociant.
Roy (Eugène), négociant en vins.

Sallerin (Eugène), employé associé de banque.
Sidobre (Théodore), négociant.
Signoret (Siméon), tailleur.

Sourd (E.-L.), étudiant.
Stourm (Antoine), pâtissier.

Teisset (P.), march. de chevaux.
Truchon (C.-A.), négociant en vins.
Tuffier (Lucien), négociant.

Ullmann (Ernest), employé.

Versepuy (Arthur), négociat t.
Vidie (Janus), rentier.
Vuillet (L.-J.), négociant en nouv.

Trompettes.

François (Félix).
Bircann (Jules), sortant du 8ᵉ hussards.
Lehalle (François), sortant des cuirassiers de l'ex-garde.

QUATRIÈME ESCADRON

Capitaine Commandant.

Durenne ✠ ✠ (J.-F.), industriel.

Capitaine en second.

Goffinon (E.), entr. de couvertures.

Lieutenant en premier.

Cornil (Ch.), négociant en farines.

Lieutenant en second.

Dussol (Ch.), entr. de trav. publ.

Premier sous-lieutenant.

Meunier (Ch.-F.), entrepreneur.

Deuxième sous-lieutenant.

Lorge (Ch.-J.), propriétaire.

Maréchal-des-logis-Chef.

Lecorbeiller, *médaillé militaire* (Charles), artiste-compositeur.

Maréchal-des-logis-fourrier.

Pierret (A.-L.), dentiste.

Maréchaux-des-logis.

Brochot (H.), entr. de transports.
Champagnac (G.), négt en vins.
Christin (P.-A.), loueur.
Deslandes (G.), employé de comm.
Laurent (F.), charcutier.
Marix (E.), courtier en vins.
Picaud (J.-Ch.), entr. de transp.
Pingeaud (M.), négt en vins.

Brigadier-fourrier.

Delamotte (Raoul), banquier.

Brigadiers.

Barbas (A.), entrepreneur.
Blanchais (Alph.), négt en vins.
Charmet, négt en vins.
Fouinat (Ch.), négociant.
Laban (S.), propriétaire.
Lasalzède (L), grainetier.
Lemonnier (E.), laitier en gros.
Mignot (J.-B.), négociant en vins.
Payen (H.-Ch.), distillateur.

Pillard (A.-J.), négociant.
Tournier (A.), négt en vins.
Plourde (C.), boucher.
Poiré (A.), entrepositaire.

Gardes.

Ambelouix (Alex.), vétérinaire.
Artus (Gustave), négociant.
Autour (A.-Z.), négociant.

Barry (J.-D.), vétérinaire.
Baujard (E.), industriel.
Bellenger (Ch.), négociant.
Belloche (H.), entr. de peinture.
Bergeron (B.), négt en vins.
Berthillier (Ph.), limonadier.
Bénard (Hippolyte), loueur.
Bienaimé (E.), négt en draps.
Bienaimé (J.), négt en draps.
Bonheur (A.), changeur.
Bonneau (C.), boucher.
Bouchu (A.), négt en grains.
Boulard (E.), négociant.
Boullard (A.-R.), boucher.
Bourgois (A.-N.), laitier en gros.
Breton (L.-H.), jardin.-paysagiste.
Bruant (G.), banquier.

Cabaret (A.), négociant.
Calliau (A.), entrepositaire.
Camille (A.), loueur.
Canouil (C.), artificier.
Caurette (L.-L.), négt en vins.
Chaillet (Ch.), négociant.
Chevillot (H.), syndic de faillites.
Civet (Félix), carrier.
Confais (H.-A.), agent d'affaires.

Dalifol (A.), fondeur.
Dardel ✻ (A.-V.), négt en fourrages.
Dauphin (C.), entr. de transports.
Decré (E.-A.), négociant.
Decugnière (G.), négt en bois et char.
Delamontagne (L.), entr. de tr. publ.
Demartelet (A.), négociant.
Demont (A.), négt en vins.
Desgranges (F.), négt en bois et char.

Doubeveyer (N.), rentier.
Droin (D.), employé de commerce.
Dufour (E.-Ch.), négociant.
Durand (H.), négt en cuirs.
Durand (L.), négt en cuirs.
Durbec (F.), négt en vins.

Ebel (I.), brasseur.
Egasse (E.), chimiste.
Ernoult (Alex.), md de chevaux.

Fabre (M.), étudiant en droit.
Féry (J.), employé.
Fleuret (H.-F.), champignoniste.
Focas (A.), march. de chevaux.
Francastel (A.), avocat.
Frère (V. F.), négt en fourrages.

Gazet (M.), négt en grains.
Giroust (A.), propriétaire.
Godfroy (H.), négt en cuirs.
Grandfils (Em.), négt en grains.
Grégoire (J.), peaussier.
Gresland (C.), négociant.
Guérin (Ed.), march. de chevaux.
Guérin (L.-F.), entr. de trav. publ.
Guerrier (G.), meunier.
Gugnon (A.), négociant.
Guilbert (Ch.-L.), négt en bois.
Gutig (F.), fabr. de produits bitum.
Guyon fils (A), distillateur.

Hamel (H.), cultivateur.
Herber (Ch.-E.), fab. de chaussures.
Hollande (J.), march. de bois des Iles.
Houssin (A.), vétérinaire.
Huard (H.), négociant.

Jarousse (A.), courtier en vins.
Jolly (E.), architecte.
Joumier (M.), propriétaire.
Jouvenot (C.-M.), loueur.
Jeunet (Ch.), négociant.

Laborderie (A.), propriétaire.
Lainé (Ch.-H.), négociant.
Lainé (Ch.), négociant.

Lainé (Edm.), négociant.
Lambert (Emm.), négociant en vins.
Lantelme (M.), avocat.
Laperche (Adolphe), rentier.
Leconte (Eug.), négociant.
Lelubez (G.), industriel.
Lemesnil (Alph.), négociant.
Lemonnier (A.-F.), négociant.
Lenoir (P.), négociant.
Lepeigneux (P.), négt en vins.
Lesieur (E.-F.), entr. de trav. publ.
Letellier (O.), négt en bois.
Letourneau (Alex.), négociant.
Levasseur (Ch.-S.), bois de sciage.
Limoux (F.-E.), négt en vins.
Lutzius (J.-G.), brasseur.

Macé (Stanislas), boucher.
Manteau (L.), négt en vins.
Marais (I.-H.), propriétaire.
Marchand (Victor), distillateur.
Marchand (Léon), distillateur.
Marlot (E.-V.), distillateur.
Martinet (A.), fabricant de bronzes.
Massuet (L.-T.), march. de chevaux.
Maury (Jules), ingénieur.
Mercié (Albert), négociant.
Michaud (E.-F.), industriel.
Michaud (N.-E.), industriel.
Michel (Ch.-J.), propriétaire.
Montmessin (P.), march. de chevaux.
Morey (Pierre), sellier.
Moulinais (E.), verniss. sur métaux.

Neu (Justin), banquier.
Normand (G.), négociant.

Passetemps (Jules), négociant.
Pépin (C.-L.), négociant.
Perrot (P.-J.), négociant.
Petit (Félix), entrepreneur.
Petit (Léon), fabricant d'huiles.
Pillot (Ed.), négociant.
Piollet (Jacques), négociant.
Porret (L.-J.), boucher.
Posth (J.), négociant en grains.
Poulain (Ch.), boucher.
Prieur (Ch.-A.), rentier.

Quenelle (F.-L.), tailleur.

Rateau (H.-A.), pharmacien.
Redouté (J.-N.), rentier.
Renoult (A.), négociant en vins.
Riester (L.-A.), brasseur.
Rivière (V.), march. de chevaux.
Rousseau (L.), traiteur.

Salvator-Ernoult, dit Mathieu, marchand de chevaux.
Sibra (E.), fabr. de chaussures.
Subert (J.), fabr., de prod. chim.

Tintelin (D.), propriétaire.
Trépassé (Léon), boulanger.
Trié (Edme), entrepreneur.
Trochon (Aug.), distillateur.
Tronchon (Ed.-J.-F.), rentier.

Vaissière (R.), négociant en vins.
de Verdun (L.), négociant.
de Vilmorin (H.), négt grainier.

Worms (P.), étudiant en droit.

Trompettes.

Lange (Eugène), sortant de la gendarmerie départementale.
Andry (Pierre), sortant du 8ᵉ lanciers.
Moinel, sortant des cuirassiers de l'ex-garde.

TABLE DES MATIÈRES

ACHEVÉ D'IMPRIMER

CHEZ JULES BONAVENTURE

POUR

Louis LECLERC

Le XV Novembre MDCCCLXXI

PARIS

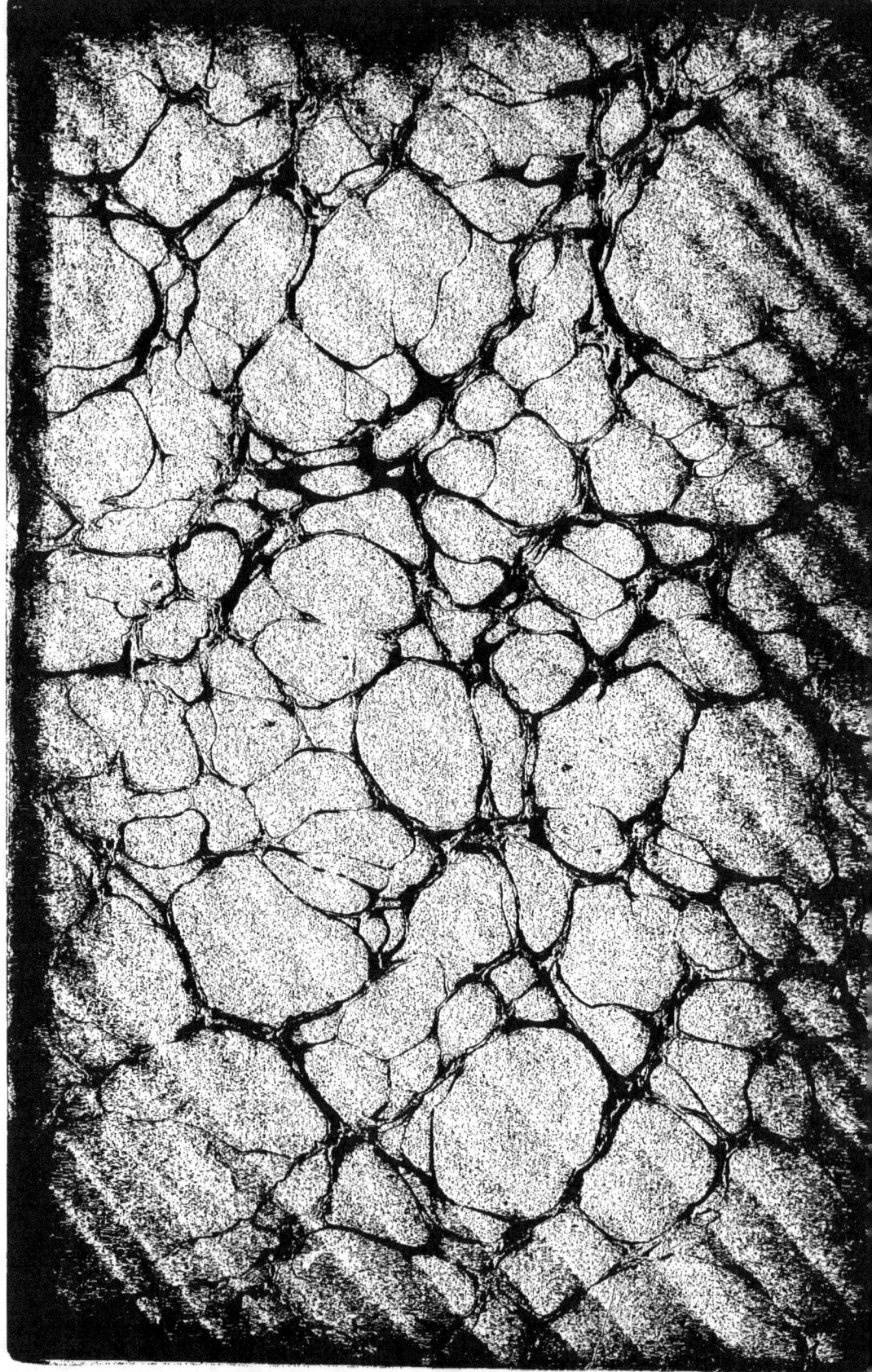

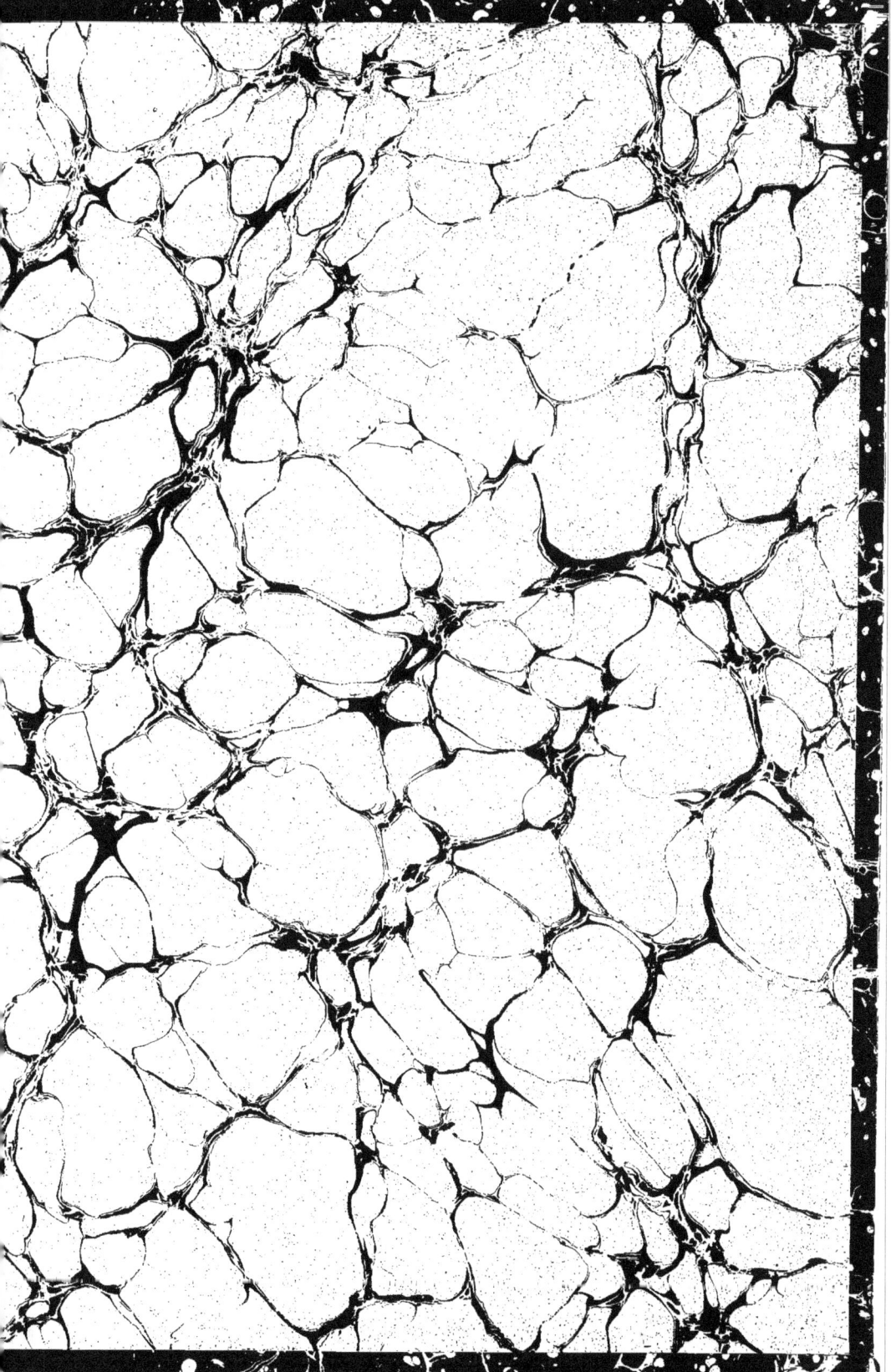

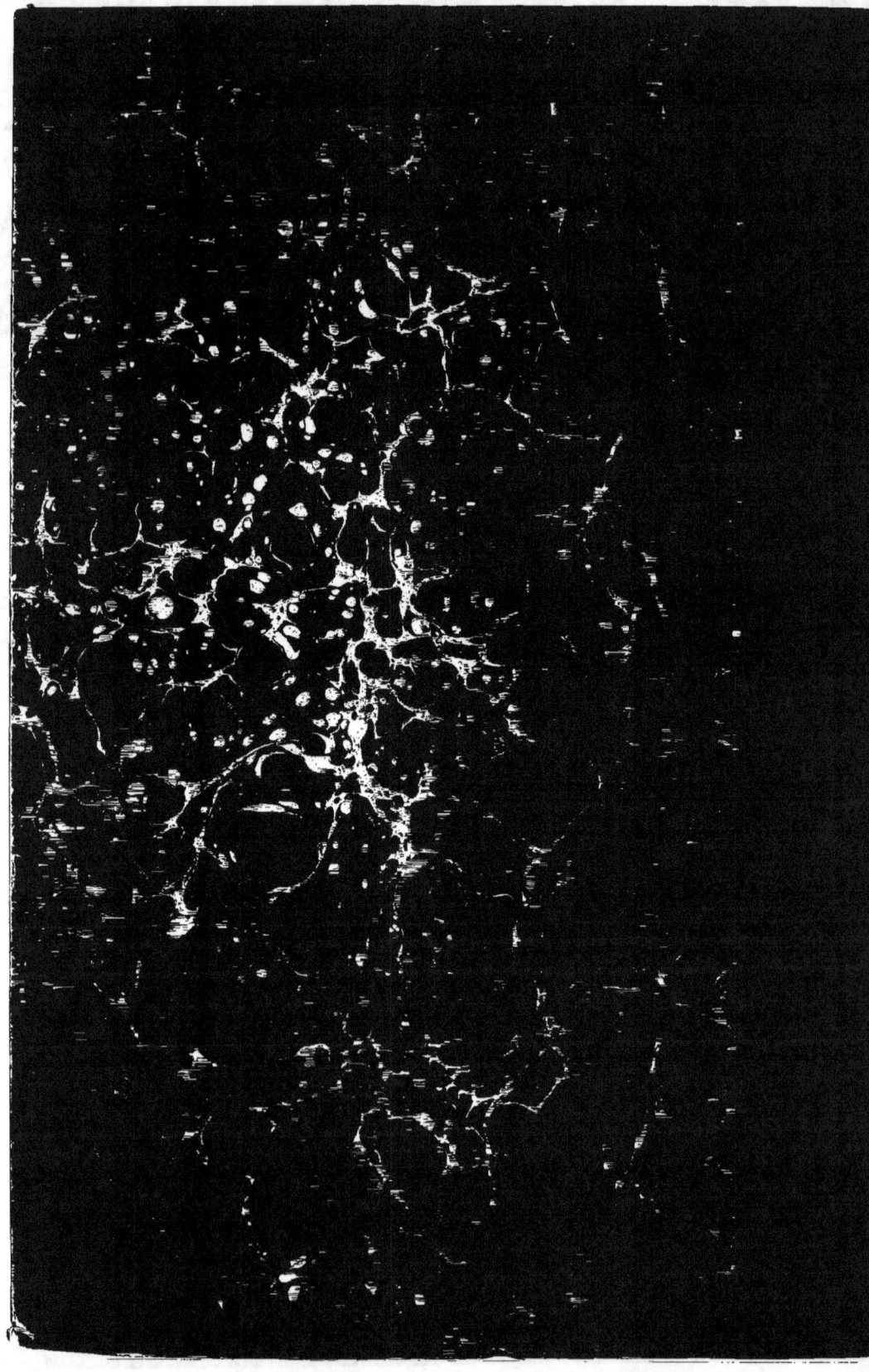

www.ingramcontent.com/pod-product-compliance
Lightning Source LLC
Chambersburg PA
CBHW070904030726
47504CB00005B/1456